百年のチクタク

比企寿美子

春秋社

プロローグ

金色に輝く小ぶりの懐中時計が、百年の時をチクタクと刻む。

チューリッヒの河畔にあるショーウインドウで、小さな日本人が足を止めてしばらく上段を見つめた後、思い切った様に店のドアを押し開けた。飾ってあった懐中時計は、この外科医のフロックコートのポケットの中で鼓動に合わせて時を刻み、やがて息子へ、そして孫の夫に、今は曾孫へと、消化器の病根を切り取り除くスカルペル、つまり手術用のメスと共に継承されている。

時計はこの百年、大規模災害や世界大戦など負の時代を経て、細菌やウイルスによるパンデミック、それらを一つ一つ克服してきた人間の戦いをつぶさに見て共有しながら、ひたすらにチクタクと時を刻み、今もって活き続けている。

大戦が終結した直後、人々の心は荒《すさ》み疲弊し、希望が失われた。小学校の校庭に焼け残った一本の樹を揺らして風が吹き抜け、子供たちの幼い声を運んできて、それを耳にした大人が、はっと上を向き、空を見上げながら、次への一歩を踏み出した。

「時計の針の　絶間なく　巡るがごとく　時の間の　光陰惜みて　励みなば　いかなる業か　ならざらん」（昭憲皇太后の御歌「金剛石」より）

これまでの百年の間、路傍《みちばた》に捨てられた落穂《おちぼ》を拾うようにして、わたしは一つ一つのエッセイを綴ってきた。そしてこの古めかしい小さな時計は、この先の百年、どのような出来事を見ていくのだろうと思いを馳せる。

百年のチクタク　目次

III

Ⅳ

百年のチクタク

I

船上のドクトル

出遇い

「偉大な世界のアインシュタインだって？　ぼくにとっては疫病神だよ」と高岡尚は子供の頃を回顧する。アインシュタインについて学んだ時「この人、僕のオ祖父チャンの家に来たことある」と言ったばかりに、級友はおろか先生からも「嘘つきヒサシ」という甚だ不名誉な烙印を押され、卒業までこれが付いて回ったからだという。

彼の祖父、三宅速《みやけはやり》は一九二二年十月欧州から日本へ向う客船北野丸でアインシュタインと出遇った。万国外科学会出席のため渡欧して帰途にあった速、そしてノーベル賞を受賞して世界の寵児となり、日本からも講演に招かれたアインシュタイン、ふたりは共にマルセーユから船上の人となったのである。

「ア博士は通便をみて、直腸癌に罹りたりと悲観して憂鬱に陥りしも、余の診断にて速やかに快気せしを……」と速は日記に記している。体調を崩し、今で言う癌ノイローゼになったアインシュタインは、船上にドイツ語の堪能な日本人の外科教授が居たのを思い出し診察を乞うた。

百五十センチそこそこのこの医師は、丁寧に訴えを聴き、診察を行った。自信に満ちた彼の診断は、見知らぬ国への旅の病に悩む者にとって、どんなに心強く感じられたであろう。

講演先の福岡できっと速の家を訪ねると約束して、アインシュタインは神戸で下船した。果たして十二月二十五日のクリスマス、大歓迎の過密スケジュールにもかかわらず、福岡市大名町の速宅へ、彼は夫人と共にやってきた。

日本中にブームを巻きおこした大スターの来訪は、速の家に上を下への大騒動をもたらした。妻、三保はかねてより習っていたフランス風の菓子を焼いて紅茶を用意する。十九歳を頭に四人の子供達は握手の仕方等の特訓を施され、女児はお振り袖を着せられる。

ところが、待ちかねた一家の前に現れた彼の大物理学者のなりをみて、長男、博は驚いた。あまりに粗末な服装であったからである。おまけにアインシュタインが暇を告げて靴を履こうとした時、くたびれた靴の紐が千切れてしまった。博は即座に跪いて繋げたのだが、この切れた靴紐のおかげで、憧れの大学者にイガグリ頭を「いい子だね」と撫でられる名誉を与えられ、九十路を越えた今もその手の暖かさを思い出す。

博の妹、富子（尚の母）も、夫妻の膝の温もりを忘れることが出来ない。そして、アインシュタインがその時座興に弾いたピアノと一枚の夫妻の写真を、今は年老いた富子が、あの輝きに充ちたクリスマスの遠い思い出を手繰りながら大切に保管している。

その古い夫妻の写真の下には、「一九二二年クリスマス、かわいい小さな三宅家のお嬢さまへ親愛なる祝福を　エルザ・アインシュタイン、アルベルト・アインシュタイン」の文字が読み取れる。

同時に速のために二枚の色紙が残されている。その二枚を並べておいて、どちらがアインシュタインの筆跡かと問うたなら、まず十人中九人が夫人の方の色紙を指し「こちらだ」と答えるに違いない。それほどアインシュタインの字は繊細かつやさしく、夫人の方が豪快かつ力強い。

「親愛なる旅のお仲間、慈悲深い医師であり日本の友、三宅教授、麗しい記念のために感謝の思いをこめて、一九二二年十二月、アルベルト・アインシュタイン」そしてもう一枚には「わたしにとって、三宅教授とご一緒したことが、いつまでも心暖まる思い出となります。エルザ・アインシュタイン」と読める。

始められた文通

筆まめで有名なアインシュタインから送られた数多い手紙の類を、速は自分が書いた返事の下書きと共に大切に保管した。しかしその内のいくつかは第二次大戦の折り失われた。

今残された手紙をみるとそのほとんどは、一枚の便箋の表と裏に夫妻が各々寄せ書きをしている。まず表に夫人の勇ましい字が躍り、次いで裏に博士の優しい筆跡が流れる。

「大好きな三宅先生！（略）私共はしょっちゅう日本が恋しくなります、あなたのロマンティックな不思議の国が。（略）あなたがこちらへいらしてくだされば、私たちどんなにうれしいでしょう。（略）あなたのエルザ・アインシュタイン」

彼女の字は癖があり、解読するのが難しかった。言い回しは直接的で決して文学的と思えないが、その分暖かい手紙になっている。

想像するに、エルザは筆跡と同じように、大らかなおふくろさんの様な性格であったように思われる。それでこそ、繊細な神経を持つアインシュタインは、物事にこだわらないであろう暖かな彼女と共に過ごすことによって気が休まったのではなかろうか。

一九二三年のエルザの手紙「主人は健康かつ良好な状態で優れたよい仕事をしています。（略）彼は旅行計画で大忙しです。（略）主人は研究活動以外に、人間的な事にも大きな関心を抱いています。どんな視点からみても彼の人生は充実したものと言えましょう」

この便りにあるように彼女は夫の仕事をよく理解し、そして非常に尊敬していたようである。姉さん女房で、従兄弟同士の彼等はきっとよい夫婦関係にあったにちがいない。

一方アインシュタインの手紙は、いかにも科学者らしい硬い構文である。日本人のことを「あなたの美しいお国の繊細な人々」とか「日本の人々が細やかな気配りをするということを理解し、学べて良かったと思います」と書き送っているように、東洋風な心遣いが理解できる感受性を表している。ふと、今の日本人は果たして彼が感じたような繊細さを持ち合わせているかしらと考え込んでしまう。

各々の学問の世界

一九二四年秋「日本で流行性の脳髄膜炎が大変流行していると聞き」アインシュタインは、あの「繊細な人々」が病気で倒れるのを想像するだけでも耐えられなかったのではないか。そこで「昵懇にしている医師ミューザム」の書いた最新治療に関する論文を速に送った。

これに対し速は「ご親切にミューザム先生の価値あるご業績を、われわれの国民を苦難から救いだすためにと、お送り頂きまして、誠に有り難く存じました」と感謝したものの「しかしこの論文の内容については、ずっと以前より我々はよく識っておりました。（略）流行性の脳髄膜炎は論文に有るような頸部硬直でなく、むしろ嗜眠性脳炎を引き起こし、（略）幸いのことに、この病気はもう直に終局を迎え……」と書き送った。

度々のドイツ留学と、自からの日本における脳外科や胃癌手術のパイオニアとしての実績により、自分の専門領域に関しては世界の大物理学者たりといえども、一歩も踏み込ませなかった速の面目躍如たる手紙である。

しかし世界のアインシュタインに、この後「あなたのご専門の医学分野に関して、情報をお知らせするのは思ったとおり僭越でした」と詫びを書かせたのはいかにも気の毒な気がする。

一九二六年五月、速はアインシュタインをベルリンに訪ね夫妻の歓迎を受けた。その時の短い招待が、夫人の手で名刺に記されている。「パリのポワンカレさん（Poincaré フランス総理大臣）があちらで主人を待っていらっしゃるとの事、まったく急に火曜日に旅立つことになりました。ですから、明日、月曜日の四時にお茶に来て下さいましたら大変うれしいのですが」

夫妻はこの時、速に美しい銀製のボンボン入れを贈った。この旅は速にとって、四度目にして最後のヨーロッパ訪問、またアインシュタイン夫妻との別れとなった。

混乱の時代を迎えて

ヒットラーの率いる狂乱の軍靴の音が、平和で学術的な生活を脅かし、ついにアインシュタインは戦争を憎みつつ一九三二年ドイツを脱出、アメリカに平安を求めて移住した。

一方、速は国際的見地から「愚かな戦争に日本が突入した」と嘆いた。皮肉にも疎開のため身を寄せた岡山市において空襲に遭い、焼夷弾の直撃により防空壕の中で、妻と相抱きながら七十八歳の生涯を閉じたのである。

終戦後長男、博のもとにプリンストンに住むアインシュタインから便りが届く。しかし、そこにはあの見慣れた美しい筆跡は無く、英文がタイプで打ち出されていた。

「貴方のご両親にふりかかった悲惨なご最期を聞いて、心からお悔やみ申し上げます。ご両親の墓石のために数行のことばを同封してお送りします。——ここに三宅速博士と夫人三保がねむる・ふたりは人々の幸せのために働き・ふたりは人々の迷いの犠牲となり世を去った——アルベルト・アインシュタイン」

いま徳島市郊外の寺に、この墓碑銘を刻んだ墓石が苔むして建っている。それは人類の過ちによる戦争を憎んだ、二人の学者の友好のあかしといえるだろう。

'94年版ベスト・エッセイ集『母の写真』文藝春秋

アインシュタインのため息

地デジ対応のテレビに買い替えスイッチを入れた途端、鮮明な大画面には、押し寄せる真っ黒な津波に呑まれる街と、空港に停まる飛行機や車がプカプカと浮かんで流れる映像が映った。

すさまじい勢いの海水が内陸に向かって押し寄せ、情け容赦なく建物を、船を、車を、樹木を、そして人を、命の息吹の欠片《かけら》さえ残さず、思いもよらない場所に運んで行き破壊し去る画面が、繰り返し放映される。そこに活き活きと在った人々の生活を、笑声や泣き声そして姿もろとも呑み込んで、地震がそして津波が狼藉の限りを尽くし、残ったものはただ荒寥《こうりょう》のみである。

その光景は、私の心に今も突き刺さるあの眺めと、似ていた。

半世紀以上も前、私たち家族を襲ったのは津波ではなく一四〇機のＢ２９と言う爆撃機だった。今回の大震災直後のテレビで、「津波はゴオ〜ッて凄い音して来たんだぁ」と、東北のお国訛りの人が語っていたが、あの爆撃機もまた地を曳きずるような「ゴオ〜ッ」という音でやって来た。そして数えきれない焼夷弾を豪雨のように落とし、家も樹木も、私の祖父母を含めた逃げまどう人々の命も全部、焼き尽くし奪って去った。

六歳だった私は、避難先の病院で小さな音にも怯え母にしがみついた。戦火をくぐり、私を背負って逃れてくれた大学生の従兄が今、八十路を越え深くなった皺を眉間に一層寄せて呟く。

「焼夷弾を逃れて河原に出ると、公共の大きな防空壕があったんだ。中は人がひしめいていて、君を抱えてようやく入れて貰ったその時、火のついた小さな火だるまが、こっちに向かって転がって来た。入り口の辺りにいた僕が手を伸ばせば届くほど近くまで来てバッタリ倒れた。その最期の叫び声は、今も耳について離れない。あれは君とちょうど同じ位の子どもだった。あの空襲の中、命尽きたその子と、助かった君と僕、目と鼻の先で命を分けたのは、一体何なんだろう。今度の津波で生き残った人々が語る同じような話を聞いて、つくづく人の運命を考えるよ」

大震災が襲っても四季は今年も春をもたらし、桜が日本列島を南から北に向かって駆け上って行く。避難所となった学校の庭にも桜は咲き、薄色の花吹雪を見舞いながら散った。まぶしげに見上げたひとりの老婦人が、深く吐息を漏らし一層曲がった背を懸命に伸ばして、少し微笑んだ。

地震や津波だけならまだ復興の道筋もつけられよう。しかしその後には今回、原発の事故が発生し、問題の福島第一原発近くの住民に、危ないから家と暮らしをそのままにして直ぐ避難するよう、勧告が出された。じっと耐えて騒がず避難生活をする人々を、殊に大半を占める年老いて理不尽を迫られる人々を、どうして「我慢強い」とひと括りにできようか。マスメディアの繰り返すインタビューにも誠実に答える様子を見るにつけ、我慢ははるかに越えているであろうと思われる。ここには畜産農家が多く、餌を与える人が居なくなって必死に取材カメラを見つめる牛たちの大きな濡れた目玉が、いっそう不条理を訴える。

今回の災害で、欧米の友人たちから沢山の温かいお見舞い電話を頂いた。ことに原発事故のあと、家族同様に親しいドイツの人々からの電話の数と内容は、常軌を逸したものであった。

「危ないから、一刻も早く東京を離れろ。ドイツへ家族ごと来なさい。いま直ぐインターネットで航空券の手配をしなさい。いやいや、もしかしたら航空券は無いかも……、その時はどうしよう。名古屋か関西の空港からなら未だあるはずだが」

まるで自分のことのように畳み掛ける言葉に、私たちはあっけにとられ、反論すらできなかった。

「日本政府と東電は真実を隠している。君たちは何も知らされていない。本当はとても危ないことになっているんだぞ」

もはや遠いドイツではパニック状態だ。チェルノブイリの事故の時、近隣の国々は放射能汚染の恐怖におののき、それは未だ彼らの脳裏にしっかりと焼きついて離れていない。

それにしても私たちは、ほんとうに放射能危機に対し無知なのであろうか。核の危機は何万年も禍根を残すと言われているが、今回の出来事に、鈍感すぎるのだろうか。二つも原爆を落とされ、太平洋の水爆実験で顕著な被害を蒙《こうむ》ったわが国は、放射能の恐ろしさを世界中の誰よりも知るはずで、核を持ち込むこと自体を長年に及んで日本人は抵抗してきた。それなのに平和利用という名目で、核は易々と日本に侵入した。

あの戦争中に岡山市の空襲で、祖父と祖母を奪われた私たち一家は、広島から凡そ一〇〇キロ余離れた村に疎開していた。八月はじめの暑い夕方、庭で洗濯物を取り入れていた母に、母屋の人が声をひそめ「今日、広島に新型の特殊爆弾が落とされたようだ」と言った。夜になると広島方面が赤く染まっているのを仰ぎながら「この疎開先も危なくなってきた」と恐れたそうだ。

原子爆弾が世界で初めて使われるに至った経緯は、余りにも有名である。自らがユダヤ民族であるという理由だけで、ドイツで弾圧を受けるようになった多くの学者や芸術家たちは、迫害から逃れるため命からがら米国へ渡った。その中の原子物理学者たちは、ナチスの暴挙を止めるには核爆発を利用した強い破壊力の原子爆弾を創る必要があり、開発するため米国の力を頼もうと隠密裏の運動を起こした。

ナチスは政権を取ると、ユダヤという民族、ロマの人々、あらゆる障害を負う弱小な人々をことごとくこの世から消し去るために、アウシュビッツをはじめ各地に絶滅収容所を作り、世界から集めた数百万人とも言われる人々を、ホロコースト、つまり実際に焼き尽していった。

当時の米国大統領ルーズベルトに原爆の製造開発を決意させるには、著名かつ偉大なアインシュタインを担ぎ出す必要があった。一九三三年にナチスにその身を狙われ危うい所で脱出し米国に移り住んでいたアインシュタインを、同じ運命にあったユダヤ系物理学者が、原爆製造を勧めるルーズベルト大統領宛の手紙を携えて訪れた。文面は既に出来上がっていて、あとはサインさえすればよい状態にあった。

アインシュタインは、その書簡を前にして、夏の太陽が照りつける中とつおいつ考える。物理学者がもたらした情報では、あの国では何の罪もない多くの同胞が、監禁、殺戮され、しかも既にドイツ人の物理学者によって原爆の開発が緒《ちょ》についたと聞いて、アインシュタインは危機感を強めた。ナチスに先んじて米国で原爆開発を始めなければ世界は滅びるのではないか、しかし自らの研究対象である原子物理学を人間を破壊する武器のために用いることが果たして許されるのか。二つの思いを天秤にかけ、アインシュタインはいく日も懊悩した。彼の心の中ではおそらく、世界の危機という恐怖の方がはるかに重く、ついにペンを執って大統領あての手紙に、自らの名を記したのである。

こうしてアメリカに於いて、原爆を造るマンハッタン計画にゴーサインが出された。

一九四五年ナチスドイツが、原爆投下されることなく降伏した時、アインシュタインはこれで恐ろしい破壊力を人類に行使しないで済んだと、どれほどほっとしたことであろう。ところがその四ヶ月後、米国で造られた二個の原爆は、日本に投下された。

戦後、日本人初めてのノーベル賞受賞者である湯川秀樹が、同じ学問分野のアインシュタインを米国に訪ねた時、その手を強く握ったアインシュタインが、はらはらと涙を流した。自分がサインしたことによって、日本訪問の時に瀬戸内海を航海する船から見た美しい景色と、そこに住む優しい人々が破壊されたという現実を知って流した涙には、無念と後悔が凝縮されていた。

終戦後ひとりの日本人ジャーナリストから「原爆製造の責任をとれ」という詰問状がプリンストンのアインシュタインの許に届く。厳しい文面の手紙を受け取ったアインシュタインは、即座にその手紙を裏返しペンを走らせた。ナチスが如何に人間に残虐を重ねたか、その上間もなく原爆をナチスが手にすると聞き、その抑止力になるため原爆開発を勧める手紙にサインをしなければならなかった。自分は、米国で開発された原爆が、ナチスの暴挙を阻止する目的のみに使われると信じていた。決して他の国の人々を苦しめる目的ではなかったのだと、溢れる真情を力のこもった筆跡で綴り投函した。その表裏の手紙は、その後交わされた数通の往復書簡と共に広島平和記念資料館に残されている。

その後、アインシュタインはひたすら平和を願い、核は平和のみに使われるべきものと、主張し表明し続けた。彼が他のノーベル賞受賞の科学者らと共に「平和宣言の声明書」にサインを入れたのは、永眠につく七日前であった。

現在、原子力の平和利用と言う名のもと、多くの国々が発電をこのエネルギーに委ねている。人間が便利に過ごすため更に発展するため、自然から恵まれたものだけで満足せず、自然界にあり得ない力を創りだし、神の創造された世界を逸脱し平和利用という大義名分で原発は開発された。今回その中の一つである日本の原発が、大自然の力でコントロールを失って、こののち完全に収束するまで気の遠くなるほど長年の苦労を背負う結果となった。

原爆が広島と長崎に落とされたと知った時、アインシュタインは「オー・ヴェーなんと酷いことを……」と、自責の念のこもった深い深いため息をついた。

いま平和利用したはずの核が、自然の猛威によって引き起こされた思い掛けない災害を人類にもたらそうとしている。

それを知ったアインシュタインは、ふたたび「オー・ヴェー」と深いため息を、ついているにちがいない。

『春秋』二〇一一年八・九月号

線路の果てに

巨大な航空母艦が停留する岸壁で妻と子供をひしと抱き、別れを惜しむ水兵たちの映像がテレビに映った。妻はしきりに涙を拭い、わけのわからぬ幼子は不安げに父親の肩に頭を押し付ける。

中東で繰り広げられる戦争騒ぎに、多くの人々、ことに母たちは胸を痛めた。ベトナム戦争の時沢田教一が撮ったメコン河を渡る母子の写真は、子供の見開いた瞳が発する強烈なメッセージ故にピューリッツァー賞に輝いた。今回テレビに映るアラブの子供たちの目は大きく潤んでいて、見るものはいっそう哀しい。その幼子たちの目の中に、私は自分の子供時代を重ねる。

幼稚園へ、何時くるかわからない空襲に備えて防空頭巾と水筒を背中に括り付けられ通った。いざ敵機が来襲した時は、皆が寝静まった深夜だった。私は寝巻の金魚模様の浴衣一枚で、同居していた大学生の従兄に手を取られ、落ちてくる爆弾を避けながら、必死で逃げ惑った。

この夜に私の心身に深く染込んだトラウマは、空襲警報のサイレンの音、人が焼ける臭いとＢ２９の地獄へ誘うような爆音である。ばらばらに逃げ、命を取り留めた家族がひとまず入った仮の宿で、防空壕で焼死した祖父母の遺骨を納めた海苔の空き缶が数本、みかん箱の上にかけた白布に置かれた。見るたびに不気味で、おびえては母の膝にひしと顔を伏せていた。

幼児体験は、大人になるまで風邪で発熱した時の夢の中や、ふと火の中に落ちた髪の毛一筋が燃える臭いを嗅いだ時、まざまざと甦り、訳もなく泣き出したり夜中にうなされたりした。

なぜ罪もない沢山の子供たちが、いわれなく哀しい目にあわねばならないのだろう。

歴史を凝視することで、この殺伐とした世界でどう考え、次の世代に何を語り継ぐべきか模索できるかもしれない。そういう意味から、アウシュビッツに行くことを長い間自らに課してきたが、ようやく今年五月、望みが叶った。

海外で美しいものを観ることを何よりの楽しみに旅する友人がいる。その人に「アウシュビッツへ行く」と伝えたところ「変な趣味だなあ」と一蹴され、挫けそうになった。長崎や広島の原爆記念館から出てきてしばらく動けないほどのショックを受けた私が、果たしてこの旅に耐えられるだろうか。

だが先ず夫が快く同道してくれることになり、ポーランドの友人キーラン氏からも、われわれも是非訪れたいから家族も一緒に行くとメールが入って、とても心強い。

当日キーラン氏が自宅のあるブロツワフを朝五時半に発ち、三時間もかけクラクフのホテルに来てくれた。夫人と父親、そして十三歳の娘を伴い、総勢六人が乗れる大きなバンを友人に借りてまで、この日に備えてくれた。

私たちは一路アウシュビッツへとひた走る。折から雨がしとどに降り、フロントガラスをワイパーがひっきりなしに動く。

ポーランド語でオシフィエンチム市は、三キロ離れたビルケナウ村と共にひとつの広大な国立博物館として、総称アウシュビッツという名で世界に轟く。完全に整備された大規模の博物館は世界中から多くの人々を受け入れているが、そこ自体が恐ろしく巨大な墓地であるといって間違いない。

一九四〇年にポーランドの政治犯を容れるために創られた強制収容所は、その後狂信的な人々によって、ユダヤ人を絶滅させるための殺人工場群と化した。記録に残っている屠られた人の数は百五十万とある。オシフィエンチムの第一収容所の二〇ヘクタール六万坪、ビルケナウ村の第二収容所は一七五ヘクタール五十三万坪、ここで行われた数々のおぞましい悲劇を淡々と列挙する案内用のパンフレットを見ただけで、めまいがした。

だが目を逸らさず、敢えてその「墓地」を訪れようと思った原点がそこにある。

林の中にある博物館の案内所で、入場券を求める行列に沢山の人々と共についた。入場者は地元ポーランドの次にドイツからの人々が多く、十二歳以下の子供は受け入れていない。まだ自分で物事の判断もできない子供たちに、偏見を植え付けるのは良くないという国家の意向だそうだ。

墓地を訪れるには格好の雨の中、現れたのは周辺の白樺の新芽のように爽やかな中谷剛氏であった。キーラン氏は私たちのために、ただ一人の日本人で公認ガイドの資格を持つ彼に、案内を頼んでくれていた。日本語と完璧なポーランド語での解説は、私達のみならず、初めてここに来た十三歳になったばかりの娘ソーシャにも多くの情報を正確にもたらす。以前から比べるとすっかり整備されより理解しやすくなったと話すキーラン夫妻は三十年ぶり、その父上は実に四十年ぶりという。

オシフィエンチムの敷地には十一ブロックの建物が並ぶ。始めに案内された建物で「ここで死体を処理しました」と、中谷氏の説明が静かに始まった。そこにはトコロテン突きを大きくしたような鉄の道具があり、それを用いて折り重なる死体を炉の中に送り込んだという。

私は雨を避けるために被っていた帽子を慌ててとった。半世紀以上経っても未だ残ってる湿った臭気の焼却室や収容施設を経巡る間、何度もその帽子を取り落とし、そのたびにソーシャが優しく微笑んで拾ってくれる。

「記録では十五万といいますが、ここで処理された人々は実はそれだけではないのです。つまり労働の足しにならなかった年寄り、子供、女性、障害者は、ユダヤ人であるなしに拘らず世界各国から集められ、直ぐに選別され処理されたのですから、その数は何十倍、何百倍あるのかわかりません」

収容された、つまり処理された人々の持ち物が、多くの棟に陳列されている。それらの内容は既に世界中に報道されているのだが、壁面一杯のガラスで仕切られ中に納められた品々を目前にするまで、これほどまでに多量であろうとは全く思ってもみなかった。想像を絶する数のトランク、バッグ、櫛、ブラシ、歯ブラシ、服と靴などが、形や大小、種類別に整然と整頓され、うず高く積まれている。その前で動かなくなった夫が「あんなかわいい靴が……」と、孫の足を思い出したか絶句する。

有名な髪の毛のコレクションは総て埃っぽい薄茶色に褪《あ》せ、三つ組みのまま切り落とされたものまでもがガラスの向こうにぎっしりと山となって積み上げられ、薄い光で透かし見えるのが恐ろしい。

次の棟に進むと、廊下や幾つかの部屋一面に、三方向から撮った囚人服の人々の写真がびっしりとかけられている。額の中から恨みを含む無数の大きな目に見詰められ、足がすくむ。所々の額に花が差し込まれているのは、ここを訪れた人が額の中に縁りの顔を発見して捧げたものと教えられた。日本では最近、都会には墓地にする場所がなくなり共同の納骨堂を見かけるようになったが、この廊下の雰囲気はまさしく納骨堂である。

強制的にここに送られて、到着と同時に即労働力になるかどうかを、言い換えれば直ちに生死を判別されると、生きる権利を得たものは収容棟に容れられ働ける限り生きられる。いつか見たロンドン塔やベニスの牢獄はここに比べると遥かに人間的で、それどころか家畜小屋よりもずっと劣る。ここでの主な労働とは、生きる価値がないと判断された人々を処分することであった。入所すると、人間としての尊厳や価値は一瞬にして無になり、無機質の木偶《でく》となる。この収容所を管理していた者たちは、かくして間接的な手段で人々の命を大量に奪い続けた。

ここまで来ると肩も背中も足も凝り固まって、少し離れたビルケナウに向かうため雨の中でゆっくりと歩を進める内、ようやく呼吸が整ってきた。上を仰ぐと映画の画面や写真等でしばしば目にする「労働は自由をもたらす」という字が掲げられた、有名な収容所の正門があった。

ビルケナウに引き込まれた線路の終点に立つ。野球場のように広いここで、人々は家畜を運ぶものより劣悪な貨車から降ろされ、労働可能者と不可能者を即刻に選別され、各々の収容所へまたはガス室へ追い立てられた。

おりしも南ポーランドは復活祭の一週間後で、花々が咲き始め春を迎えた。収容所の広場でぷつんと途切れた線路にも、小さな野の花が点々と、白く、黄色く咲いている。

収容所の門の外へ向かい線路を目で辿ると、彼方には果てしない自由があり、緑と希望がみえる。そこからいきなり箱車に詰め込まれ、再び扉が開いた時、人々は身につけたもの総て、髪の毛さえも奪われ、そして命までも簡単に無にされた。そういう作業を行ったのは、実は総てを奪われた人々の、同胞であったという。そうしないと生を獲得できなかったというが、恐らくそうして生きるということは、死よりも辛かったに違いない。収容所に引き込まれた線路の果てには「無」しかなかった。

ビルケナウの司令室への長い階段を登る。真ん中に窪んでいるのは、軍靴で力強く登ったからだ。命令を下す側は、何時の時代も痛みを感じることなどさらさらなく、屈託もなく足踏み鳴らすほど元気でたくましい。

見晴らしのよい窓から、絶滅収容所の跡が見渡せる。数え切れないレンガの収容棟が、僅かに基礎だけとなって無数に残った。それ自体で大きな町ができそうな、二百棟を優に超す残骸が広がる。ここにもガス室や焼却室があって、いまも一部に残されていた。今朝、案内所では見学者たちの私語が弾んでいたが、この辺では耳を澄ませても雨音しか聞こえない。

沈黙の中でガイドの中谷氏が、傘もささずに身を正し、最後の言葉で博物館の案内を締めくくった。

「どうか、この残虐な行為を行った国や国民を責めるのではなく、それを行った人間と時代に思いを馳せてください。ドイツからは高校生や大学生が積極的に自分たちの先代たちが犯した過ちに目をそむけず見学をしていきます。日本からこられる方は年配の方々が圧倒的に多いのです。本当は、もっと若い人に沢山来てもらって、人間がどうしてこんな醜悪なことをしたかということをしっかり見究めて、次の世代に戦いの根を残さないようメッセージを申し送ってほしいと思います」

同道してくれたキーラン一家は、ポーランドの歴史を顧みても各々の世代が恐らく辛い思い出を胸に秘めていると思われる。しかし今回それを口に出して物語ることはなかった。黙々と一部屋ずつ展示を確かめるように歩を進めるおじいさん、時々中谷氏にポーランド語で説明を求め立ち止まって食入るように聴く夫妻、やせ細った子供たちの等身大の写真に息を呑むソーシャ、みんなの胸にどんな思いがあったのだろう。

ドイツに家族のように親しい多くの友人を持つ私は、あの人々もこういう状況に置かれた時、同じような行為をするのだろうかと考えた。否、彼らではなく自分自身はどうだろう。そういう時に私は情けないが、コルベ神父を始め幾人かの勇気ある人々のように、人を庇って先に死ぬほど強くはない。だが、せめて人に命令されて戦いの剣は取りたくないと願う。

今年「戦場のピアニスト」という映画が評判を呼んだ。わが国ののんきな平和ボケたちに戦争の悲惨さを教えたはずである。旅行に出発する前、私も映画館へ行った。隣には高等教育を受けたであろう三十代の男女が座った。画面にいきなり無辜の人々が殺される場面が展開する。ふたりは固唾を呑んで観ていたが、子供が迫害にあう瞬間「ひでえー」と低く叫んだ。

だがクライマックスに主人公のシュピルマンがひとり瓦礫の中でピアノを弾き始めると、ふたりは紙袋からポテトチップを出し食べ始めた。スクリーンでもテレビ画面でも、彼此の間に大きく深い溝が在る。さながら動物園の猛獣と見物人とを隔てる濠に似て、観る側に危機感は全く存在しない。

哀しみは遠いものではなく、直ぐ近くでも起り得る。わが国には、周りを海で隔てられ危機から遠いという錯覚がある。しかし半世紀前、この国でも戦争による悲惨は起きた。

国内や広島や長崎、海外ならアウシュビッツで人類の犯した大罪を見ると、素直に平和を祈らざるを得ない。因みにオシフィエンチム国立博物館は、ポーランドの南部の都市クラクフを基点に、バス等で一時間ほど西にある。

'04年版ベストエッセイ集『人生の落第坊主』文藝春秋

今年の春もタンポポ、レンゲ

縁側で和子は四月の青空に向い、ふうっと息を吐いた。夫の両親が、もう直ぐこの家に到着する。

第二次世界大戦が始まり、戦局は日毎に坂を転げ落ちるように悪化をたどった。昭和二十年に入ると、東京、大阪、神戸と各都市に爆弾が落とされ、年寄りだけで関西の隠居所に住んでいるのが心配になって、岡山へ引取ることにした。夫と中学生の息子に幼稚園の娘、それと下宿している大学生の甥の合計五人、今日から両親が加わり総勢七人の大所帯となった。勤め人に田畑など無く、乏しい配給だけでやっていけるか和子は心配だ。

老夫婦は、満員の列車に揺られ草臥《くたび》れ果てて到着した。舅《しゅうと》に昔日の気迫が薄れ、寄り添う姑の腰は折れ曲り、よくぞここまで来られたものと思われた。ともかく一風呂浴びて休んで貰う。

翌朝、夫や子供がそれぞれに出掛けると、静かな時が訪れた。甘味のないサツマイモをふかして、昼食に老夫婦を誘う。舅は座ると、懐から布にくるんだものを出しそっと食卓に置いた。

「お前さん、ほしいと言ってたね」

和子は夫の海外留学二年の間、この両親と暮して愛情を注がれた。その時、舅がドイツから買ってきたという磁器の小さな人形に魅せられ、思わずそう言ったことを思い出した。

着のみ着のまま関西を後にした舅が、レースのスカートをひょいと持ち上げ淡い色彩で彩られた繊細な磁器の人形を、苦労して持って来て、和子に渡してくれている。両の手にそっと人形を包み込むと、人形の顔が涙で滲んで歪んだ。

ある日、回覧板がきて「田植えに参加」とある。バケツリレーや竹槍訓練など、隣組の行事に出なければ、配給はおろか、いざと言う時の助けも得られない。和子はモンペをはき手ぬぐいを腰に下げ、帯芯で作ったかばんを肩に掛けて、幼い娘の手を引き隣組の組長の家に出かけた。袖からつき出た和子の二の腕は羽二重餅のように白く、後れ毛が襟足に落ちて頼りなく揺れている。軍隊帰りの老組長が張切って号令を掛け、隣組の婦人たちは囚徒のように郊外の田んぼを目指し歩き出した。

初めて入る田んぼは五月と言うのに冷たく、稲の苗を張られた紐に沿って教えられた通りに植えていく。

「あんた、初めてやろ。急いだらあかん、ゆっくりせんと昼までもたんで」と隣の人が、やさしく微笑んだ。

農家の人が昼を告げ、田から上がると皆の足に蛭が吸い付いている。和子の白い脹脛《ふくらはぎ》にもおぞましい蛭がべったりと張りつき、先ほどの人が慣れた手つきではがしてくれた。久しぶりに目にする貴重な白米の握り飯が、もろぶた一杯に並べて出された。むさぼる様に食べる娘をみて涙が溢れ、口に入って塩っぱい。

「もうあと少し」と言われて立ち上がろうとしたが、腰がのびない。とは言えひとり休んでいられず、気持ちの悪い蛭のいる田んぼに再び白い足を差し入れた。

人より遥かに効率の悪い和子の働きは誰の目にも明らかで、生産と程遠く生きてきた自分が恥ずかしい。その後、隣組の防空演習の度に、和子の育ち方自体が非国民という陰口が嫌でも聞こえてきた。

その日は、梅雨の中休みでひときわ暑く風が凪《な》いだ。何よりの安心は、明後日には、鳥取の山懐に老夫婦の疎開先を見つけ連れて行くと夫が話したことだ。皆でほっとして寝入った頃、突然爆弾が炸裂する轟音がして、空襲警報が間に合わない急な爆撃だった。慌てふためいて、布かばんを肩に、台所の藁で編んだ飯櫃《めしびつ》をしっかり抱えた。かねてからの申し合せ通り、和子は息子と、娘を甥に託して、老夫婦を夫が連れて玄関を出た。

息子と手を繋いで門を出る寸前に「あっ、おじいちゃまに頂いたお人形」と、中に引き返そうとした。十六歳の息子が母親に怒鳴る。「何言ってんだ。早く逃げよう」月足らずで生まれた虚弱児は、学徒動員で覚えたゲートルを巻いて戦闘帽を被り逞しくなっていた。

表通りは人々が洪水の様に、中心地から少しでも離れた方向へと激しく駆けていく。星のように降る焼夷弾の火の粉が、被った防空頭巾に落ちて焼け焦げ臭い。路傍《ろぼう》の防火用水の桶に頭を漬け既に息絶えている人が、和子の目に入った。

「私、ここで死ぬわ。あなただけ逃げてちょうだい」

突然息子の平手打ちが頰に響いた。腰が抜けた母親を引きずるように息子は走る。かねてからの約束の集合場所である旭川の河原にたどりつき、公共の防空壕に入って敵機の去るのを多くの人と待った。

「おーっ」と、突然壕の外で大声が上がった。おずおず首を伸ばすと、彼方の岡山城が、紅炎に包まれ崩れ落ちていく。「ここは地獄に違いない」と、和子は思った。

甥に手を引かれた娘を見つけ、声を上げて胸にかき抱いた時、夢遊病のような足取りの夫が、和子を見て足を早め近づいてきた。

「おじいちゃま達は」

「オシッコに行くと二人で家へ入って、わからなくなった。ここへ来てないか」それを聞くや否や突然息子が、まだ燃え盛る市内へ向って走り出した。夫も、甥も、後を追う。やがて戻ってきた三人は、無言であった。外は土砂降りの真黒な雨が降り出した。焼け残った人家の軒先で、夫は膝の間に頭を抱えて動かない。息子は拳でしきりに眼を擦る。和子は娘を抱き寄せながら息苦しかった。普段から「もう充分に生きた」と言っていたように、両親は覚悟で家に残ったに違いない。

ふと傍らの、後生大事に抱えて来た夕べの残飯を思い出した。「これ食べましょう。食べないと力が出ないから」和子が言う。すえた臭いのするひえ飯は、飯櫃の藁の間から砂やゴミが入り、噛むとジャリジャリと音がしたが、皆は黙々と飲み下した。

翌朝、焼け残った夫の勤め先の大学へ一同は移動した。防空壕の中で、二人抱き合って命を閉じた両親を、大学のキャンパスで、寄せ集めの物を燃して荼毘《だび》に付した。遺骨は海苔の缶に納め、黄色に褪せたカーテンを広げた机が仏壇になった。

夜を待ち、異臭立ち込める街を後にして、蛙の声を聞きながら田んぼの畦道を、一家は西方に向い落ち延びる。他人様の情に縋り、造り酒屋の離れに仮住いをさせてもらうことにした。

八月六日、西の空が異常に赤い。夕方になって村人が「広島に特殊爆弾が落ちたそうだ」と噂した。そして十五日、重大放送があると母屋に全員が集り畏《かしこ》まった。低く垂れた頭の上を、微かに震えるような高い声が、雑音混じりのラジオから流れた。「耐え難きを耐え、忍び難きを忍び……」と言う所だけが聴きとれ、どうやら戦争が終わったらしいと、人々は言い合った。

しばらくはこの村で過すことにし、農家の離れを借りたが、日々の食べ物を調達するのにも困った。ある日突然、疎開しておいた行李《こうり》が二つ、奇跡のように手許に戻ってきた。中身の和子のよそ行きの帯や着物は、物々交換の貴重な元手となり、食物となって一家を助けた。

夫と買出しに行った帰り道、鎮守の杜から婚礼の行列が出てきたのに出会った。静々と歩く花嫁に春の陽が降り注ぎ、半年前まで戦争に明け暮れた日々があったことすら忘れる。花嫁が近づくと、和子は一瞬気を失いそうに驚いた。その衣装こそ、父が和子の為に幸多かれと贅を尽くして京都で作らせた婚礼衣装で、つい先日米など貴重な食料と交換したものだった。

無言で行列を見送った夫が
「お白粉塗ってござるが、冬眠から覚めて雪を被った熊のようだな。まあ、あの着物は、あの嫁さんには似合っとらんよ」と言いながら、和子の肩をぽんぽんと叩いた。

長襦袢をほどいて縫った洋服と、大家さんが祝ってくれた草鞋を履いて、娘が小学一年生になった。地元の子供はリボンを飾り、学童服に運動靴を履いている。疎開の子は教室では元気がいいが、外に出ると仲間外れであった。小高い家から和子が下を見下ろすと、娘が学校の帰りに坂を登ってくるのが見える。痩せた小さな体が、段々畑の途中で止った。後を振り向いて送る視線の先には、一団となった子供達がはしゃぎながら歩いている。娘は、しばらくそれを眺めていたが、やがて家の方に向き直り、またゆっくりと歩き始めた。

ある日「ただいま」と、娘がめずらしく元気に目を輝かして帰って来た。「ウチのこと、お友達はもう苛めんよ。ウチの頭にもシラミの卵ができたから、仲間に入れてやるって」立っている娘の真っ黒な髪を掻き分けてみると、点々と白い小さな米粒状のものが毛に付いている。和子はシラミの卵を生れて初めて見た。娘の手を引っ張って縁先に座った。耕す土地も力も無く、人の情に縋って生きるこの暮らしは、遂にシラミが取りつくほどに落ちぶれたかと情けない。「痛い、痛い」と悲鳴を上げるのを構わず、梳《す》き櫛で力いっぱい娘の髪を梳いた。敷いた新聞に梳き出されたシラミが落ちたのを、和子は親の仇のように潰した。膝に寝かした娘の頭の、卵のついた毛を、握り鋏で根気よく一本づつ切る。

膝枕の心地よさに娘がまどろみ始めた。小さいなりに、この一年は辛かったのだろうと覗き込むと、娘の目の下の泣きぼくろが、心なしか大きくなったようだった。和子は、陽に照らされる庭の草むらに目をやった。こんな春でも、何時《いつ》ものようにタンポポやレンゲなど草花は咲いている。にわかに「新しい生活に踏み出そう。焼け跡が生々しいあの街に帰って出直そう」と、勇気が涌いてきた。

『春秋』二〇〇八年五月号

バックグラウンド

小学校転校生

その一

ラジオから、終戦を国民に告げる昭和天皇の玉音放送を、山陽本線の里庄という所で聴いた。岡山市内の空襲で焼け出され、「磯千鳥」という造り酒屋の離れに身を寄せた一九四五年八月十五日の正午、大人たちが広い奥座敷に集まる。長押《なげし》に掛かっている槍を見上げながら、同じ年頃の男の子が怖い顔でわたしに囁いた。

「今から重大放送があるケェ、もし皆、死ねと言われたら、あの槍で死ぬるんジャぞ」

雑音の多い内容不明な音声が途切れると、頭を低く下げていた大人たちが一斉に顔を上げ、互いに顔を見合わせ密かな笑い声さえ上げ始め、苦しい戦争は終止符を打った。

草むらで虫が集くころ農家に居を移し、四月には母が手縫いで作ったブラウスとスカート、藁草履を履いて、この地に親戚のいないわたしは譲られるランドセルどころか教科書も文房具も無く、延々と往復四キロの国民小学校に入学し通う事になった。教室で、自分の名前の旧漢字「壽」と「美」がノートの桝に収まりきれず困った位で、勢いよく高く手を上げ答えては教師にほめられる。そんな疎開っ子に誰も声を掛けてくれず、帰り道の田畑のあぜ道や小川の畔でカエルを相手に道草を食った。

春、畑に真っ赤な小さな粒を見つけ口に含むと甘酸っぱい。翌日の教室では「苺ドロボウ」として吊し上げにあって泣いていると、「あのイチゴなど美味しい物は、農家の人が植えて、地べたに生るのよ」担任教師が助けてくれ優しく教えてくれた。

冬、父がわたしを汽車に乗せて岡山市内に向かう。食料品をぎっしり詰め込んだ巨大なリュックを担ぐ人々で車内は超満員、ようやくデッキに身を押し込んだものの身動きがとれない。汽車の振動の度に荷物の底がわたしの頭にゴツゴツと当り、息をするのがやっとだ。列車がガタンと揺れた瞬間、身体がふわりと宙に浮いて、わたしは傍のおばさんのリュックの上に載せられていた。噛み付かんばかりの形相でその人が振り向いた先には、真っ蒼に澄んだ目の若い進駐軍のＧＩが微笑んでいる。おばさんは突然重くなった背中に耐え乍ら、歪んだ愛想笑いを浮かべ、わたしはただただ、一刻も早く汽車から降りたかった。

満員の汽車で父がわたしを苦労して連れて行ったのは、疎開先から岡山市内に戻るための作業の一つで、市内復興が遅れて家は定まらないが、新学期から私を師範学校附属小学校に入学させるための編入試験が目的であった。

その二

空襲で転がり込んだ大学病院の一室に、再び移り住んだ。外科の外来でも手術室でも医療材料が払底していて、使用されたガーゼや包帯は煮沸消毒して再利用されている。母は時間を見つけては看護師休憩室の畳に座り込み、机に山積みにされた布を手で伸ばし畳んだり巻いたり奉仕をして、傍で洗い立ての包帯を渡されたわたしも見よう見まねで母を見習った。

焼け出された他の職員家族もまた病院に住んでいて、大学側の好意で小学校へ通う職員子弟は幌のついた大きなジープで送ってくれる。下校はそれぞれで帰るのだが、最初の日に連れて帰ってくれるはずの一級上の男の子が、何時まで経っても約束場所のブランコにやって来ない。少し日が傾く頃、ひとりの教師が気付いて「もう生徒はみんな帰ったよ。あなた、ひとりで帰れますか」と聞いた。こっくり頷いたわたしは、今朝渡ったあの旭川が遠くに見えるのに向かい、無謀にも歩き出した。

単独行動の精神力と脚力は、疎開先で鍛えた変な自信となっていた。直線距離で大学病院までは二キロ半ほど、大人の足で三十分余かかる。困った時は男でなく女の人に聞くようにと母が常々言っていたので、出遭ったおばさんに「大学病院はどこですか」と聞いた。「大きな橋を渡って、また聞いてごらん、病院は川向こう、直ぐだよ」と言われた。

大きな橋を渡ると、彼方から「リンゴの唄」が、何時もの闇市のスピーカーにのって微かに聴こえ、そちらに向かう。薄闇は迫るし世情が混とんとしている中、父も、母も、兄も、わたしが誘拐されたかも知れないと想像し真っ蒼な顔で、学校に問い合わせたり血眼になって探していると、わたしが一人、正門からとことこ歩いてきた。みんなが涙を浮かべながらかわるがわるに抱きしめ「どうして転校してきたばかりなので一人では帰れませんと、先生に言わないの」と詰《なじ》るが、わたしは初めての学校の教師を誰も知らなかったし、現にこうして帰って来ている。実はひとり楽しんだこの冒険を、未だに忘れられない。

その三

兵庫県芦屋の山手一帯に建つ住宅街は、占領後に米軍が将校の住まいとして接収するために、あえて空爆しなかったとも言われていた。父方の祖父の家は空襲には遭わなかったが、留守番の煙草の不始末から半焼したと連絡が入った。急きょ母がその後始末に岡山から行くことになり、二年生の半ばでわたしは三度目の転校を余儀なくされた。

直ぐ近所に住む一級上の従兄と同じ小学校だったので心細くはなく、放課後わたしは彼の後をついて回った。彼の家では、スイス人の伯母がテラスでガラスのお皿に干しブドウと庭で飼ってるヤギのミルクをおやつに出してくれる。

おやつが終わると従兄は大きなグランドピアノの前に引き据えられ、来るべき毎日ピアノコンクールに向け猛特訓が始められる。わたしは庭の椅子で足をプランプランさせながら、ショパンの練習曲が青葉を渡る風に乗って通り抜けるのに身を任せ、ピアノを聴く楽しみを覚え、その空間だけはヨーロッパであった。

「アテンション、ポクレ」突然、伯母の鋭い声が響く。

ポクレは彼の愛称で、庭で遊ぶわたしのことが気になって叱られたのかもしれないと、慌てて自分の家に逃げ帰った。

その四

祖父の家の処分が終り、母と一緒に父の許へ戻ることになった。ところが目的地は岡山ではなく、九州の福岡だという。

戦争末期に父の母校では、いわゆる生体解剖事件という醜聞が起きて居て、祖父の創った外科教室の再興に、父が白羽の矢を立てられ転任した。

外科のスタッフは根こそぎ占領軍に連れて行かれ、研究室はもうもうとした紫煙の中で麻雀や囲碁の音だけが聴こえる。福岡に戻った時に自らの健康管理のため九州ローンテニスクラブで再び球を追いかけようとしていた父は、荒んだ研究室をかつての熱のこもった勉強の巣に戻すため、皆をアウトドアに引っ張り出そうと考えた。戦時中に食糧補充のサツマイモを植えた中庭で病院業務が終わるとひとり雑草取りを始める。先ず清掃の人々が、やがて看護師たちが次々に草取りに参加し、ローラーをかけると、曲がりなりにもコートが一面出来上がり、ボールを打つ音が響き始めた。

その五

わたしたち一家はやっと家族がそろい、兄は福岡高校に、わたしは近くの市立小学校に通う。

その頃の博多港には中国本土や朝鮮半島から続々と人々が引き揚げて来、戦乱の為に外地で初等教育さえ受けられなかった子供たちを福岡市は受け入れていた。クラスの中にも、頭一つ背が高く二歳ほど年上の子が居た。

わたしと言えば、ハーフの従姉のお下がりの一目で海外製と分かる服を着せられていて、外地で言い表せない山ほどの苦労を背負って来た彼女にとって、わたしの姿は当然ながら腹立たしいに違いない。母は、人を差別するのをもっとも嫌い、家でこの子のことを愚痴ると叱られたが、日を追っていじめは度を越えていき、ある日、髪の毛を後ろからプツンと鋏《はさみ》で切られたり、トイレに閉じ込められたりした段階で、わたしは限界を迎えて登校拒否をし始め、さすがに方法を講じなければと考え始める。

その六

教育大の付属小学校で編入試験があることを知ると、さっそく受験させることにした。これまで転校を重ねた度胸が功を奏したか、口頭試問で点数を稼ぎ、狭い関門を突破して合格を果たす。

次々と転校すると、勉強の進み具合がそれぞれに異なり、特に算数の九九で苦労をしたが、個性を重んじる学校で楽しく過した。

ある日、職員室へ教頭から呼ばれた。

「アンタは、大人のすることを、しよる」

「それって、悪い事でしょうか」

「いや、悪くはないのだが、ちょっと早い」そういってニタっと笑われ、後は何も言わずに解放された。

勉強も運動も抜群の学級委員のあの子をみると、わたしの胸はドキドキ爆発しそうになり、体育の時間にフォークダンスで手が触れようものなら感電状態に陥る。つまり「好き」という段階を突破し、確かに「色に出にけりわが恋は」状態を教頭に見透かされたらしい。半世紀強の時が過ぎた今、テレビ画面で幼稚園生が平気で恋の相手を語るが、わたしの頃は、きっとトンデモナク早熟な子をどう扱うかと担任が困り果て、教頭に相談をしたようだ。

進学した中学が別々になってから、せっせと書き続けた汚い字の拙い恋文が、あの男の子の母上に見つかり「今、勉強をしなければならない時に、これは何」と叱られたと返事が来て、つまり見事に振られ、わたしの初恋は休止符を打った。

中学で学ぶことは、なぁに

小学校を卒業するとクラスの殆どが系列の中学へ進学するのに、わたしをミッション系の学校へ進学させたいと申告し「こちらの付属中学の教育方針の、大濠公園一周早朝マラソンなど、娘は身体弱いのでとても無理です」と、その理由を告げた母であった。

福岡女学院中学では、共学で鍛えられたお蔭で勉強の苦労はさしてなく、父譲りの明るさで友だちも直ぐに出来て、休み時間には楽しくて口笛も出る。

「今、口笛を吹いていた方は、ドナタ」と、いきなり教室に入って来た女性教師が声を荒げた。ここは女子校で、上品なお行儀を第一にという事を早速に学んだ。

五月さわやかな風が頬を撫でるある日、一通の書状を「直ぐに下校して親に見せるように」と、わたしから目を逸らしながら担任が渡した。

帰り道、午前中の森《しん》とした住宅街の向こうからチャランチャランと音が近づく。リヤカーに沢山の風鈴をぶら下げて売り歩く行商で、わたしは財布を開き初めて緊急用のお金を使って、彩り可愛いガラスの風鈴を一個求めた。まさかこの音を秋になっても聴き続ける事になるとは思ってもみなかった。

学校から「四月の集団検診で肺に影が診られ至急に然るべき病院へ……」という内容に、母はのけ反って驚き、日頃決して連絡しない勤務先の父に電話をする。わたしの叔父、つまり父の弟が早逝した病気が、娘にも出現したとあって、相当に慌てた父も直帰した。

ＣＴもＭＲＩも未だ無く、レントゲン検査でしか客観的な診断は下らない。通常の撮影に加え、採血、身体を台に縛られて動かされる断層写真まで撮ったら、集団検診の小さな写真に写った通りの肺結核と診断された。昔からの父の親友である内科医に「だいぶ前から発症しとるぞ、お前は何で今まで気づかなかったか」と責められた父は、「入院でなく、自宅で看ます」と宣言し、万全の体制を敷いた。

絶対安静はベッド上で身体を動かさず何かを考えてもいけないと医師に厳しく言われたが、わたしとて考える葦の一本で、頭を全く閉じるのは難しい。教室で生意気にも友だちの気持ちを察することの出来ないイヤな存在に、きっと罰が当たったのだろうと、反省を繰り返す。神仏どちらも篤く拝み信仰を尊ぶ母が、父の反対を押し切ってキリスト教を説く学校に入れたのは正しかったと、自分なりの結論を得たわたしの耳に、風鈴が優しくさえずる。

週一回の受診をする度に「大丈夫だ、あと一週間休んで」同じ台詞を繰り返され、紫陽花が咲き、蟬が鳴き出して、ようやく安静時間が段々と短くなった。軽い読書は良いと言われ、十歳上で文学部在籍の兄の指南で、手塚治虫の漫画から早川書房のミステリーに始り、岩波文庫の存在を教えてもらうと、判るか判らないかは別として「チャタレー夫人の恋人」や「赤と黒」まで片端から読み、頭デッカチのおませが出来上がる。

昼間デッキチェアに座るわたしの前の壁に、父はビーナスの顔だけの石膏面を掛けて太い鉛筆とスケッチブックを渡してくれた。毎日一枚づつ描く内、夏過ぎには歪んでいたビーナスの顔がまともになり、全体のバランスを取りながら絵全体の構図を考える事が出来るようになった。

二学期の半ばに午前中だけ学校へ行けるようになる。学期末に貰った成績表には、これまでより見事に二ランク下になった評価が付き、足の震えが止まらなかった。帰宅した父がそれを見てボソッと「仕方ないよ」と言い、何より今こうして生きていることを両親は評価した。

中学三年生には修学旅行が待っていて、旅行委員に選ばれたわたしは、放課後に旅行担当の教師と共に見学場所や班分けまで会議で決めていく。出発一月前になった時、旅行担当の若い教師に「実はお医者さんに未だ旅行は無理と言われてます」と告げた。「それ、君、初めから分かってたの」としばらく天井を見上げた後、眼を潤ませてながら「そうか」と呟いた。

「お蔭で全員無事に楽しい旅行から帰れたよ」と言いながら、教師は小さな包みをわたしの掌に載せる。それは旅行先で皆が見学した陶器を造る工房からのお土産で、教師のあだ名「タコ」に因んだ、可愛い壺だった。他人を喜ばせる仕事が、こんなに楽しく心地よいという事を、この時に初めて知った。

教室だけでは学べない

高校生活はわたしにとって、病気以来待ち続けた夜明けのような日々で、明るさを取り戻した。「何時までも一緒に居ようね」と誓う親友が出来、好きなだけ本を読み、週末には女性画家のアトリエで同級生と一緒に油絵を描き、中学で断念した修学旅行にも行けて、健康とはこんなに楽しいものと痛感する。

高二の三学期に生徒会長選挙が行われ「アンタは話が上手やケン、出てみらんね」と周りの友だちに煽てられて立候補し、選挙演説では「校則見直し、運動会の復活」などとマイクを持ち調子に乗ってしゃべりまくった。その結果、学校側が希望する真面目な成績優等生をさし置いて、民主主義の原理でわたしが当選してしまった。生徒が考えて作り守る校則と、それまで絶えていた運動会開催の公約が下級生たちに受けたのだが、アノ恐い独身女性教師の猛反発が目に見える。

世は安保条約反対の学生運動が盛り上っていた最中、この女子高の生徒会活動に革命の臭いがしたのか、応接室で新聞記者の取材を受けた。何を聞かれてもニコニコとしておくのが無難と決めていたので、こんな腑抜けに学生闘争などできる訳がないと呆れた記者は帰っていった。戦々恐々で立ち会ったアノ教師も胸を撫で下ろしたに違いない。

眼覚めると相撲の櫓《やぐら》から一番太鼓が聴こえる。福岡スポーツセンターで、大相撲九州準場所がやがて本場所として開催されるようになった。何時もより早く家を飛び出し、花籠部屋の合宿所であるお寺に寄って初代若ノ花の猛稽古を覗いてから、学校へ向かう。帰宅すると、新聞や雑誌の詳細な情報をノートに整理し、年間一冊として合計五冊の大学ノートは、この先のどの勉強よりも内容が濃く、女子校の夏休みの自由課題にしては珍しい研究発表をした。

ある日、アノ教師から「アナタね、お制服で相撲場に出入りするのはやめなさい。テレビに映ってたわよ」と叱られ、クラス担任には「君の相撲に熱心な分、どうだい、勉強をしたら医学部に受かるかも知れんよ」と言われたが、そうは行かない。物理教師から授業中「バカ」と言われ、試験は記名だけして出すとお情けの出席点の四十点を貰ったわたしが、医学部など土台無理な話だ。

相撲場に行く女の子は、当時は稀有で、大人の相撲研究会にも入れて貰い大学教授から実業家、学生や会社員と様々な人々と交流したが、わたしの相撲熱について「お相撲さんを追いかけなければ、何をしてもいい」と言う母から、クレームが出たことは無く、父と兄は、わたしのお蔭で相撲熱が復活したと言い一緒に盛り上がった。

知りたいことは学ぶこと

高校卒業後の進路に関して、再び母から、四年でなく二年なら親許を離れて暮らすのも良いと、健康上の理由で断固とした指針が示されて、横浜のフェリス女学院短期大学へ行くことになった。わたしなりの目論見では、大学を卒業したら就職するため今のうちに嫁入り修行をさっさと片付けておこうと、家政科を選択した。

だが家政科畏るべし、食品、栄養、生理、衛生、保育、被服、経済、憲法などなど後ろに学の字がくっ付くが、実践を伴ったそれらの勉強は多彩で、結果的に後の家庭生活を営む上で、全てが役立った。

全国各地から集まった学生が共同生活をする学生寮に入ったのだが、ある寮生から「あなたの言葉に、傷つけられたわ。ニクイ」とずばりと言われ、人の気持ちの裏まで読めない、雑多な自分の欠点をズバリと指摘された。毎日曜日に、独りで桜木町から東横線で渋谷に行き、デパートの屋上でベンチにポツンと座って泣いた。このパターンは、間違いなく強度のホームシックである。

五月の連休に寮生たちは一斉に里帰りしたが、列車で二日かかる北海道と九州組が寮に取り残され、お互いの距離を縮め合う。映画を観たり、お茶したり、まもなく開催される同窓会主催のダンスパーティに向けてダンス教室にも通い、わたしたち遠距離三人組は団子の様に何処へ行くのも一緒で、色気の全くない青春を楽しんだ。


短大を出ると母の病気の看病で目当ての就職ができず、自動車教習所に通っただけでボンヤリしている内、見合いに引っ張っていかれ結婚に至った。

その後、子供を二人産んで育児に専念し、無事に下の娘が小学校へ行き始めると、周りを見渡す余裕が生まれた。そんな時「人は、働くか、他の為にボランティアをするか、学ぶかしないと、生きている価値がない」という或る作家の数行が目に入る。わたしに出来ることは何だろう、レジ打ちは計算苦手で無理だし、悩みを夫に相談してみた。

「大学で勉強すればいい。月謝は出して上げるから」

夫の親友の夫人を巻き込み、慶應義塾大学文学部に聴講生として通い、その後ドイツに二年も滞在していたとは言えない乏しい語学力が恥ずかしく、一念発起してドイツ政府の広報機関であるゲーテ・インスティテュートに十三年通った。学生時代あんなに嫌だった試験を山ほど受けることになり、台所で鍋をかき回しながらも、電車の中でも単語を覚えようとしたが、頭は次第に衰え時間がかかり、隣の人から不思議そうに手許を覗き込まれて恥ずかしい思いをしたのは数限りなく、余裕がなかった。

嫁入りを前にして、母がわたしのいない所で花婿となる夫に頼みごとをした。

「娘は、何かに目を奪われると、そこに向かって猪突猛進しますから、どうぞ適当な時に、ブレーキを掛けて下さい」

世に出現しはじめたばかりのコンピューター操作教室、あるいは街のレストランのメニューにスパゲティナポリタンしかない頃に本場から料理長を招いた五日間集中パスタ教室では一〇〇人ほどの料理のプロと席を並べ、また国内外の学会や研究会に潜り込んで、解りもしない専門家の講演を、拝聴というより盗聴した。

何時までも何かを探し続けるわたしに、ブレーキどころか、絶えることなくアクセルを強く踏んで手助けと後押しをしてくれたのは、縁あって半世紀以上も一緒に暮らす夫である。

二〇二一年一〇月

たった八日のアフリカ

航空機で、世界中どこへでも簡単にひと飛びと思っていたら、アフリカは、本当に遠かった。

子供の頃リビングストンの探検記やターザン映画をみて、野生動物とキリマンジャロを望む広大な風景に憧れ、是非行ってみたいと強く思っていた。しかしその後、次々と起こるアフリカ諸国の独立戦争や民族間の戦いは、子育て真最中だった私にとって正直言って対岸の火事であった。

「アフリカへ行くよ」ある日、帰宅するや夫がこう宣言した。南アフリカのダーバンで行われる会議に、役員として参加すると言う。私は「エッ、その歳で……」とたじろいだ。だが、夫が数年前に肺梗塞から奇跡の生還をして以来、何処へでも同行すると決めていたので、当然私まで一緒に行くことになった。

さて本来、たかだか一週間や十日滞在して、その地をさも知ったげに語るのは最低な輩と思っている私が、数日の旅行で広大なアフリカを語れるわけが無い。だが、あの僅かな日々の出来事はぜひ書きたいと思う。

ヨハネスブルグ到着後「遂にやってきた」という浮いた気分は、入国手続きを待つ長い長い行列で一気に消し飛んだ。各地からの様々な肌色の旅客が、苛々と並んでいる。狭いフロアの喧騒の中、案内のアナウンスが辛うじて耳に届く。「乗継ぎ客は荷物を受取って、国内線ターミナルビルへ進め」と言っているようだ。外国で心細いのは、案内放送を正確に聞き取れたかどうかである。

乗り継ぎの時間が迫っている。ターンテーブルから出てきた荷物を夫がカートに慌しく載せ、国内線への矢印へ向う。そのとき、黒豹のような男たちが、カートに手をかけた。これが名高い強引ガイド。「チェックインを手伝う」と、荷物を奪い取ろうとする。私は、壁際に立つ「ポリス」の腕章を巻いた逞しい女性に向ってすっ飛んで行き「国内線は何処」と聞いた。婦人警官は警棒を構えて近寄り、何事か男たちに怒鳴るように言う。そして振向いて綺麗な歯の笑顔を見せ、丁寧に順路を教えてくれた。

しかし先程の男が「俺はＩＤカードを持つ公式ガイドだぞ。あの警官のネエチャンは新米で、俺はベテランだ。なんであんな奴に聞いた」と、なおもしつこくついてくる。国際線から国内線乗継ビルまでの道は遠い。怪しげなお伴つきで延々二十分、ようやく国内便のチェックインカウンターにたどり着いた。突然男はチップを要求する。「あなたの助けは借りてない」と、はっきりと拒んだ。この手の雲助のような輩に、この地で開催される次回サッカーＷ杯の時のためにも、日本人全員が甘チャンではないことを是非とも教えておく必要があった。

ダーバン空港で、夫の名前の書かれた札を持つ会議関係者を見つけたときは、正直ほっとした。出迎えのリムジンに乗り、乾燥した空気、蒼い空、赤い土の荒涼とした風景、想像通りのアフリカを、市内に向ってひた走る。街中を通り抜けて、欧風色濃い米国資本のホテルに着いた。フロントの女性が「通りの直ぐ向いが国際会議場、どこか街へ出かける時は必ずタクシーを使って目的地まで直行するように。一人では行動しないで」と案内をする。

この国は十年ほど前、白人の支配に終止符を打ち、人を肌の色で差別するアパルトヘイトを廃止した。だが国民の半数以上が貧困層、しかもその五十％が失業し、五人から九人に一人はエイズを患うという現実は、なお厳しい。わが国では想像を絶する貧困が渦巻く所では、人に隙を見せてはならない。被害を自ら防ぎ、自分で身を守るのが鉄則で、つまり安全の責任はこちら側にある。

早速、会議場へ参加登録をしに行くと、呆然と立つ日本人参加者が「今朝、空港で荷物を盗られまして」と言う。IDカードをぶら下げたガイドに、荷物を預けたら居なくなったそうだ。そこへもう一人が「チップを払おうと財布を開けたら、あっという間に中身を引き抜かれましたよ」と訴える。被害を名乗り出るのは、不思議なことにわが同胞のみということは、日本の人々が無防備の平和ボケということだろうか。

翌日から創立百年以上の歴史を持つ万国外科学会が始まった。開会式では主催者や市長が、自由国家をアピールする。式典が終わると、突如アフリカンサウンドが野生動物の雄叫びと共に響き、先住民族の舞踊で会場は熱気に充ちあふれた。

プログラムが終わると、ステージで躍動していた人々がそのままの衣装で廊下に並んで各国からの参加者を歓迎してくれる。中でも三十人もの腰蓑だけをまとった女の子たちが、多くの好奇の目とレンズに取り囲まれフラッシュを浴びている。一人の娘の鋭い視線が、私の目を捉えた。やり場の無い羞恥と非難を含んだ彼女の視線は、同性である私の胸を、持っている槍で突くように鋭く刺す。彼女らはいずれも十五歳前後の少女たちで、赤銅色の輝くような健康な肌が痛々しい。

翌日から始まった会議は大成功で、無事に学術講演を終えた夫が「折角だから一日動物を見に行こう」と言う。そうだ、アフリカでサファリツアーに行かなければ。

朝靄が煙る中を、ミニバスで約四時間かけ動物自然保護区へ向う。市街地を抜け、広大な野菜プランテーションを過ぎ、同じ樹齢ごとに規則正しく植えられた植林の真ん中の昼なお暗い道路をひた走った。それらは新生南アの政策によるもので、日本の大手紙パルプ会社が四分の一の原料をこの地の植林から得ている。

突如目の前が開け、丘の彼方に立派な保護区のゲートが見える。門を入って大型ジープに乗り換え、五時間かけておよそ九万ヘクタールもある保護区でのサファリが始まった。「間違ってもジープを離れないこと、大声を出さないこと」と出発前に告げられた。顔に古いが派手な引掻き傷、ハンドルを握る手の指の欠損、イケメンの金髪ガイドの注意は迫力十分だ。ライフルが二丁運転席に架けてあるが、勿論お飾りではない。

陽に輝きうねる河、低い木々、サバンナの風を楽しんでいる時、急にジープが止まる。ガイドが「今日はなんて運がいいのだろう」と、河の向岸を指さす。彼方に見え隠れしている蟻んこのようなそれは、象の群れであった。「二百頭はいるな。象はこちらに渡ってくるはず」エンジンが切られ、みんなは静かに待つ。

一時間ほど後、突然そばのブッシュがざわめいて、いきなり象が顔を出した。動物園で長い鼻にリンゴを渡した時よりも、象はもっと近い。頭のてっぺんの毛さえ数えられる。誰かの押すシャッター音やＶＴＲを廻す音、携帯電話のカメラを起動する音が、大きく耳に響く。象は数メートル先を、悠然とぞろぞろ横切って行く。親象の足下に絡みつく仔象の姿は、まさしくナマのアフリカだ。突然、巨大な耳をパタリと動かしてリーダーの象が、こちらを見た。そしてゆっくりと、しかし真直ぐにこちらに歩を進め始めた。ガイドがジープにそっとエンジンをかけ、じわりと後ずさりする。「まあ、その辺から見る分には許そうか」とばかり、巨象は立ち止まり、群れに戻る。一瞬、ジープの同乗者から溜息がフーッと吐き出された。ここに二時間近く停まっただろうか。

ガイドは他の動物を求めてジープを走らせる。キリン、縞馬、犀、野牛、鹿の類い、猿、鳥は珍しくなく、河馬やハイエナ、豹なども彼方に小さく見ることができた。

深夜ホテルに戻ると、日本からファクスが届いていた。「ライオンに食べられていませんか」との一行。「何言ってるの」と笑った。ここ南アでも海外向けのＮＨＫニュースを観ることが出来る。「今日アフリカで、サファリツアーの五十歳になる日本人観光客が、ジープから降りて写真を撮っていたところ、ライオンに襲われました」日本では家族が、ここでは今、私たちが、共に吃驚した。

翌日、学術プログラムは全て終わり、学会の会長が閉会の辞を述べた。突然言葉を詰まらせ、壇上で急に涙を流す。大過なく会議を成功させさぞ安堵したのであろうと会衆は理解した。その会長が「皆さんに是非とも行ってほしい所がある」と言う。

翌朝七人の仲間は、会長が用意した車でアパルトヘイト博物館へ案内された。一四九七年ヴァスコ・ダ・ガマが立ち寄って以来、南アは五百年も白人が支配し、肌の色が異なる人々への差別が、二一世紀の幕明け直前まで続いた。写真や品々が、血の滲む苦労の生々しい事実を突きつけるように展示されている。ふと皆が足を止めたのは、三世代ほど前にインドからやってきた人々に対するアパルトヘイト（有色人種差別政策）の実態を示す展示の前であった。昨日の閉会式で、純白のインドの民族衣装に身を包んだ壇上の会長は、祖父や父が原住民の人々と共に長い過酷な差別を受け、彼の代になった今、ようやく医学者として最も伝統のある国際医学会を指揮する立場に至った。閉会式の真只中流したあの涙は、この写真が物語る辛苦を思い、溢れ落ちたに違いない。

次に向った郊外の広大な丘陵地帯は隔離地区で、家畜小屋のようなものが無数に貼り付く。ガイドが「窓とドアの鍵は決して開けないで」と指示した。世の中が変って、この地区から自由に何処へでも行ってよくなった。だが、若者が一旦ここを出て行き、他所で稼いで、異性と接しエイズを貰う。そして発病してここへ戻り家族に感染《うつ》す。そういう図式で村中殆どがエイズだという。

気怠げに木陰に座り、目の前を通る純白のリムジンを感情の欠片も見せず見送る。薬も無く、食物も乏しく、政府が如何に援助しても焼け石に水となる。サファリで間近に迫る猛獣とは異る恐怖で、総身に鳥肌が立った。真っ黒な防弾ガラスに護られた堅固な車で、地上から奈落の底を眺めて私達は走り去る。同じ人間として恥ずかしく、切なくて胸が痛んだまま、この地を離れた。

今も時折、携帯電話に残る象の群像を開いて見る私は、アフリカの痛みを反芻する。

'07年版ベストエッセイ集『ネクタイと江戸っ子』文藝春秋

二〇一二年の新年におもう

アインシュタインの理論が覆るかというニュースが、世界を駆け巡った。科学は日進月歩、驚きの新事実が判明する面白さに胸が躍るが、専門家に聞くと、今回の発表が正しいかどうか未だ分らないと言う。だがいずれにしても、この大物理学者の偉大さが否定される訳はないだろう。

一九二二年十一月十日、アインシュタインはノーベル賞受賞の報を、日本へ向かう船上で受けた。この旅は日本各地での講演が目的であったが、「相対性理論」という新説を学ぼうとする人も、この理論は男女の関係を解明するものと誤解する人々も、日本中がこぞって大騒ぎした。

はからずも世界でのノーベル賞受賞講演第一声は、何処あろう三田山上の慶應義塾の大講堂である。十一月十九日、大臣から一般人まで二千人の収容人数を五百人も越える人々が、公告に従い弁当持参で三田の大講堂に集まり、慶應義塾の熱気はアインシュタインにひしひしと伝わって、手許のメモだけで延々六時間の講演がなされた。

慶應での講演をかわきりに、北は仙台から南の福岡まで、その足跡が残されている。アインシュタインは、マルセイユから神戸までの船上で体調を崩し、偶々同船していた私の祖父・三宅速に治療を受けた。旅行中の不安が除かれよほど嬉しかったらしく、後に雑誌『改造』に掲載された随筆「日本の印象記」の鉛筆書き草稿を、記念に贈った。

その印象記に、現代の私達が読むといささか赤面するのだが、アインシュタインは「美しい微笑みをたたえてお辞儀をする日本の人々は、個人の欲を抑え、質素で、心に清明な静けさを持つ」と書き、日本の人と文化を敬愛した。

ドイツは、ナチスによるユダヤ人迫害の醜悪な時代に突入し、優れた業績を持つ芸術家や学者でさえ、ユダヤを出自とするというだけで命もつけ狙われるようになった。アインシュタインも住み慣れたベルリンを後にして、一九三三年に米国へ亡命した。

ナチスの暴挙はアウシュビッツなどに明らかだが、折しもアインシュタインは、ナチス・ドイツが大量のウランを調えていると聞かされた。狂気の人々が、ウランを原料として、原子が核分裂する時の原子爆弾を開発し、実際に使うと考えると、身の毛がよだった。

情報をもたらしたユダヤ系の学者が、アインシュタインの前に「ナチスの原爆製造を抑止するために、先んじて米国で原爆を造ってほしい」と記した大統領宛の手紙を広げ、影響力の大きい著名な学者に署名を迫る。数日逡巡した末、遂に差出人の箇所に自分の名を書き入れた。世にいうマンハッタン計画がこうして始まり、米国で原子爆弾が造られた。

日本初のノーベル賞受賞者である湯川秀樹が、終戦後米国のプリンストン大学を訪ねた時、アインシュタインは湯川の手を握り、はらはらと涙を流した。その胸の内には、ナチスが戦争に負け人類に原爆を使わずに済んだとほっとした矢先、あの愛すべき国に二発も原爆が投下されたという事実が、棘となって鋭く深く、突き刺さっていたのである。この後、アインシュタインは一九五五年に亡くなるまで、核の平和利用と世界平和の運動を、多くの学者たちと積極的に繰り広げた。しかし、まさか平和利用においても核が、スリーマイル島、チェルノブイリそして福島で、再び人間に牙をむくとは思ってもいなかったはずだ。

生活が便利になることは怠慢と隣り合わせで、不便は工夫を産み新たな発展がある。生活を脅かす核を使うのではなく、自然界に在るエネルギーを利用する工夫が必要で、今少しの我慢する暮らしを、文明社会に住む私たち全てが求められているように考える。テレビ画面から、放射能汚染から逃れ仮設住宅に住む子供の明るい笑顔がこぼれ出て、そこに、癒し、希望、可能性が垣間見えた。子供たちの笑顔が消えないように努力すること、それがおとなの課題ではないかと思う。

『三田評論』二〇一二年一月号

II

もう一人のシーボルト

シーボルトの名は、日本の近代医学を語るときオランダ医学の伝達者として何時でも挙げられる。ところがこの人が本当はドイツ人で「ジーボルト」と発音した方が正しいと知る人は案外少ないかもしれない。

一八二三年、オランダ商館付きの医師として長崎に上陸したフランツ・フィリップ・フォン・シーボルトは、弱冠十八歳の若さであった。大学を出たての知識が頭の中に溢れ、これを駆使する躊躇《ためら》いなどは微塵も持ち合わせていなかった。

ドイツから肌身離さず持って来た医療器具が、今も長崎県立美術館に保存されている。歯科、産科、眼科、耳鼻科、整形外科などに使われた器具は、金属と動物の角などでできていて、皮のケースに収まっている。また沢山の薬も携え、日本でも天然痘を制圧しようと発見間もなかった種痘の種苗も持参したが、日本に至る海路は熱暑でこの種を殺した。

これらを手に、フロックコートのシーボルトは商館のオランダ人だけでなく日本人にも治療を行い、やがては頑なな幕府の役人もその腕を頼り、本来禁じていたオランダ人が出島から小さな橋を渡って長崎の市内へ行くことも、往診に限って許すようになった。若いシーボルトが街中で脈をとった中に十六歳の楠本たきもいた。一目で惹かれ合い、当時出島に入れる女性の資格は遊女なので「其扇」の源氏名でシーボルトの妻となり、後にわが国の女医のパイオニアになったイネという娘をなした。

シーボルトが今に語り継がれる要素のひとつは、単に医療を行っただけではなく、一説に六十人とも言われる門下生を育てたことにある。長崎の鳴滝村に医学塾を作り、診療と教育を行った。門下生に治療の詳細を実践で教え、ドイツの大学のようなシステムで論文を書かせて医師の免状も発行した。これらのシーボルト直筆の免状や処方箋、門下生に筆で書かせたカルテや手術記録が、長崎市鳴滝のシーボルト記念館などに今も残る。

オランダ語混じりの記録の一部に、熊本藩士の十二歳の息子が、頭に出来た腫瘍を取り除く手術を受けたという記述がある。描かれたイラストによってどういう具合にメスが入れられ、どういう経過を辿ったかも克明に記録されている。またフランスの外科医であるパレの手術法そのままの縫合法で女性の顔が縫い合わされたこともわかり、現代でいう脳外科、形成外科のはしりがここ長崎でシーボルトによって行われていた貴重な記録である。西欧医学は、鎖国下にある日本で密かに粛々と広まっていった。

明治維新で、新政府が医学の教育をドイツに学ぶことに決めドイツ人教師を招き、以来二十世紀後半まで医学用語はドイツ語を用いた。当時の医学者は競ってドイツへ留学し、帰国後に黎明期の日本の大学医学部教授となり、近代医学の礎となった。

第一次大戦後ナチスの台頭と共にドイツ医学は翳りを見せ始めたが、日本も同じく本来は学問へ傾ける力が軍事中心に向けられ、学問するゆとりを無くした。世界をリードする力は豊かなアメリカに集中され、日独はあらゆる面での戦いに敗れた。

第二次大戦後、アメリカの進駐軍（General Headquarters 通称ＧＨＱ）は、今までの敗戦国日本を根本から変える作業を開始した。その一環として医学教育についても、米国の各大学医学部教授十三人で編成されたミッションによって、変革と梃入れを行った。彼らは日本にひと月半余り滞在し、国内の各大学に配置されて、そこで新しい医学とは何たるかを教えた。

九州大学にやって来たのはジョンストンといい、ウエーン大学の外科教授であった。アイルランド系の背が高く鷲鼻の白人の対応に、大学内は緊張を高めた。三週間の滞在期間中、比較的広い第一外科の教授室を半分に仕切って使って貰うことにした。ＧＨＱの軍人と共にやって来たジョンストンに、この部屋の主である三宅博は、けして卑屈でも頑なでもなく、自分の名前をゆっくりと告げながら笑顔で握手を求めた。ドイツの留学生活で得たごく自然なマナーであった。

「ミヤケ」という名を聞いた時、ジョンストンが「おや」という顔をした。

「私は胆石症を専門にして多くの論文を書いてきたが、その時ミヤケという人の論文をいくつか引用した……」と言う。

「それは私の父でしょう」

胆石症に関する研究に父子二代で励む博と、同じ分野を究めるジョンストンとの間に、第二次大戦の勝敗に拘らない友情が即座に芽生えた。

この時ジョンストンが教えた米国流の医学とは、「ベッドサイド・ティーチング」すなわち患者のベッドサイドで行う医学教育法と、臨床のカンファレンスであった。カンファレンスは、これまで旧いドイツ流で学んできた、治療法が上司から下の医師へ命令のように下され実行されるのではなく、患者の状態をレントゲンやさまざまな検査の結果などを提示しながら皆で討論し、適切な治療を導き出すという方法である。ドイツ語を専門用語にして行われていたそれまでの医学が、英語でディスカッションにより、語り行う方向へと流れが大きく変わろうとしていた。

当時この外科で医局長であった秋田八年は、賓客ジョンストンをもてなすのに苦労をした。医局長とは言うなればマネージャーで、教室内の雑務全ては秋田の腕にかかっていた。食べ物も日用品も不足しているし、戦争にかり出されていた秋田にとって米国人はついこの間までの敵であり、おまけに見上げるほどの背の丈から見下す目玉は大きく怖ろしかったが、懸命に尽くした。

満足したジョンストンが福岡を去る時、何か感謝の気持を表したいと秋田は頭を捻って、博多織で誂《あつら》えたジョンストンの肖像画を額に入れて贈った。そして「教えて頂いたことは、すべて大変に役に立ちありがとうございました。私は米国の医学に非常な興味を持ち、何時かお国に行って勉強したいものです」と、辞書を繰り繰り英文を綴って添えた。

八十歳を過ぎてもジョークを絶やさなかった秋田は、「あの時の言葉はまあ、お世辞で、まさか直ぐに『こっちへこい』と、言うてくるとは思わなんだ」と笑う。これを真に受けると、ひょうたんからコマが出てしまって、帰国したジョンストンから直ぐさま招聘状がきたときは秋田の腰は引けたらしい。だが、師である博は大喜びで、「ぜひ行ってこい。教室のために頑張ってこい」と、もう後には引けない状態になった。

衣食住ともに純和式で育った秋田を、博は家に招いて欧風の生活実習を授ける。生れて初めて右にナイフ左にフォークを持ち、博の妻が食材の乏しい折りそれらしく整えたフルコースのディナーを前に、向いに座る師から細々と注意を受けながら食べたものは何も記憶に残らず、「こりゃ、大変なことになった」と戸惑うばかりであった。

まるで出征兵士のように妻や親戚に見送られて、博多から船が出る横浜の港へ旅発った。丸一日乗った汽車の中で、開いた新聞をみて秋田は驚愕する。

『医学留学生、米国で自殺』という記事で、その人は今まさに秋田が向おうとしているウエーン大学に、同じようにジョンストンに招かれてひと月早く留学していた東京の外科医であった。その人は、GHQの所在する東京という地の利を得て、秋田より早く留学手続きを終え出発した。だがたった一人、情報社会の現代からは考えられない大きなカルチュアショックを受けとめられなかったためか、自らの命を絶ったという。

秋田はこのまま博多へ引き返したかった。だが、あの盛大な壮行会や喜ぶ師の顔を思うと、何がなんでも行かねばならないと、特大の重いジュラルミン製のトランクを引きずるように船に乗り込んだ。

長い陰鬱な船旅を終え、もっぱら書面とジェスチュアで人に尋ね、身に余るトランクと格闘しながら汽車を乗り継ぎ、ようやくジョンストンの大学にたどり着いた。小さな秋田を、入口まで飛んできた大きな女性が豊かな胸にかき抱くように迎えた。ジョンストンはおりしも学会で出張中であったが、この秘書が住み処から食べ物まで懇切に面倒を見てくれた。後で聞くとジョンストンが「今度来る日本人を、死なすな」といって出かけたという。

秋田のいたずら坊主そのもののくるくる動く目の童顔と、片言の英語でもちゃんと通じるジョークが言える才能は、アメリカで皆に愛され数々の逸話を残して留学を終えた。その間、師に言われた「教室のために」、母校からの留学生に後をつなげる仕事も見事に果して、秋田の母教室から代々十人もの外科医が続々ジョンストンのもとにやって来た。

古川哲二は師から、日本が立ち後れている麻酔を学んでこいという使命を帯びてきた。当時は麻酔専門の講座はようやくアメリカで発足し、もちろん日本の大学にはなく各外科系の医師達が行っていた時代であった。ジョンストンは古川を同じ大学の、若いグライフェンシュタイン率いる新しい麻酔科学教室で学ぶように世話した。古川ばかりでなく、東大、東北大や慶應大からも若い医師を招きごく新しく独立したばかりの麻酔学を学ばせるように導いた。また脳外科という新しい分野へも、ジョンストンが日本の外科医達を留学に導いた功績は大きい。

最新の医学を身に付けた日本人留学生達は帰国し、それぞれの場で新しい分野で、日本でのパイオニアとなった。

実際にジョンストンを始めＧＨＱによってやって来た医学教育ミッションの人々の友好の橋が架かっていなければ、戦後このようにスムーズに新しい学問の導入がなされていなかったであろう。

博は日本外科学会を主宰するにあたり、感謝をもってメインゲストにジョンストンを招いた。ジョンストンの世話になった人々は各地、各大学で心をこめてもてなし、合計三度の来日を家族と共に楽しみ、いよいよ日本への憧憬を強めた。あたかもシーボルトを慕った門下生達のように、ジョンストンの徳を慕った日本人達は日本ジョンストン・ソサエティーを結成した。

一九五九年、ジョンストンは自宅でお気に入りの畳マットの上に、パンツ一枚でどっかと座り、今日本から届いたばかりの梱包を御機嫌で開く。中から有田焼の見事な壺が現れ、その彩色の見事さにじっと見惚れ手で撫でてみる。

その時唐突に、神はジョンストンを天上に召された。こよなく愛した日本の文化に手をかけながら、苦しんだ様子も無い最期であったという。

『春秋』二〇〇一年五月号

女医さん

小さい頃、私はよく病んだ。不安な夜が明けて、母が雨戸を繰ると朝日が燦々と差し込み顔に当たる。日本手拭いを顔にのせられて、シャッシャッという箒の音が私の寝ている布団の周りを、病気もろとも掃き出す。すっかり掃除を終えた母が私の顔を覗きこみながら「大丈夫」と、時には笑みを湛え、時には心配そうにたずねた。取りつかれていた病魔が一気に姿を消したようで、生きていることを感じる喜びの瞬間であった。

小学校の出席日数のほぼ三分の一は休んでしまい、お弁当はアルミ製の両端にパチンと止め金が付いているおかず入れで充分なほど、食が細かった。中学入学後の学校検診で肺結核と診断され、しかも、かなり前に結核を患った瘢痕もみつかって、医師でもある父は「あなたはどうして気がつかなかったの」と、母から責められた。半年間学校を休んだが、新しい結核治療薬によって癒され、学校生活に復帰した。その結核特効薬ストレプトマイシンは一九四三年に米国のアルバート・シャッツやセルマン・ワクスマンによって開発され、それまで死病であった結核から人類を救い、「最も恐ろしい病気」

の座を、癌に譲った。

大学病院の勤務医であった父は、家は患者を診る所ではなく、家族の病気を心配することは一般の人と同じで、家族の誰かが具合が悪くなると父は「早くお医者さんに診てもらいなさい」と言った。

私のかかった女医さんはとても怖い人だった。「名前。歳。熱は何度」と大声で聞かれ、病気の私は萎縮した。「あの先生、男よね」と、そっと確かめると、母は「スカートはいてるから、女医さん」と、きっぱり否定した。

十九世紀にイギリスで初めて医師の資格をとった女性、ジェームス・ベリーは男装をしていたそうだ。日本でも一八八三年に始まった医師国家試験にあたる医術開業試験に合格したある女性は、夏はダボシャツにステテコであぐらを組み、団扇で風を送りながら「おい、加減はどうだ」と、男言葉を使ったという記述がある。いずれにしても女性が医師となることが稀有な時代に、男性に負けまいと肩肘張った強い姿が彷彿《ほうふつ》とされる。

一昔前の「女医さん」は、おしゃれ等そっちのけで逞しく病魔と闘う近寄り難い人という印象がある。戦前に医学教育を受けた女性は、同性の教師から「口紅ひく時間があれば、医学書を読むか、患者を診なさい」と、叱責を受けたそうだ。だが、最近の女性医師は、知的内面を十分磨いていて、その上に自分で得る豊かな経済力を駆使して美を追求できるせいか、ひときわ華やかで美しく、テレビで観ても美人タレントとそん色なく輝いている。

さて、おなじみの胃の内視鏡を世界で初めて行ったのは、一八八一年ドイツ外科医ミクリッチである。彼の伝記に、祖母が夫を亡くして医師になろうと思ったが、当時ドイツでも女性は医師にはなれず、隣国のチェコに単身で行き、産婆の資格を得て開業し成功したと書かれている。

いずれの国でも女性が医師となることが許されなかった時代、医を志す女性は助産師、当時の産婆となる勉強をした。日本でも、明治に入ると東京大学で婦人科に勤めていた櫻井郁二郎が、産婆学校・紅杏塾を開設し衛生学と近代産科学を教えた。医術開業試験が女性にも門戸を開いた後、この学校から数人が受験して合格し、女性医師となっている。この時代、女性たちの殆どが産婦人科医なのだが、当時のお産に伴う衛生環境は劣悪で、出産は母子共に命のかかった大事業であり新生児死亡率が高かった。そういう状況から、同性として問題の解決をしようと産科の女性医師が生れた。もう一方、どうしても男性医師に体を見せたくないと拒んだ女性が多く、同性の医師を必要にしたとも言われる。

わが国で初めての近代医学の女性医師と自他ともに許すのは、シーボルトの忘れ形見、楠本イネである。

シーボルトは一八二三年に長崎の出島へオランダ商館の医師として来日した、いわば隠れドイツ人だが、幕府の信任を得て、市内の鳴滝に医学塾を開くことを許された。そこで治療を行い、四十～六十人もの日本人たちに医学を教えた。その間、沢山の日本の物品や植物を収集し、ヨーロッパに持ち出そうとしてスパイ容疑をかけられ、鎖国中の幕府から国外追放にされた。その荷の中に日本アジサイも含まれていたが、この楚々として美しい花にシーボルトは、ヒドランジア・オタクサ Hydrangea macrophylla var. otakusa という学名を付けた。オタクサは彼の愛妻、お滝さんのことである。

お滝さん母子に心を残して日本を去ったシーボルトに代わり、一粒種のイネに門弟たちは師から受けた医学教育を、心をこめて伝承した。その結果、日本で最初の女性西欧医学者、楠本伊篤が誕生し、江戸で福澤諭吉の推薦を受け明治天皇側室の葉室光子の御典医にもなった。被布を着けた着物姿できりっと正面を見据えるイネの写真がある。老いた細面に西洋人の父シーボルトの面影が濃く残り、厳しい表情からは、混血という宿命を背負って医師となり激動の時代を生きた彼女の人生は、並み大抵ではなかったであろうと窺える。

女性医師の誕生は、アメリカでは一八五〇年、フランスが六三年、スイス六四年、イギリス七四年であるが、医学先進国のドイツで女性医師が誕生したのは意外に遅い。一八七五年にエミリエ・レームスが、スイスで医学を学びドイツへ戻って医師となったのが最初とされる。わが国では医術開業試験が実施された二年後の一八八五年に、荻野吟子が女性で初めて合格した。因みに楠本伊篤ことイネは、自らを医師とする誇りからか試験を受けることを拒否している。

鎖国が終わり明治政府は、西欧各国から文化の導入を積極的に行い、医学はドイツに学ぶことにしたので、医学者にとってドイツ語は必須であった。それから九十年ほどは医学をドイツ語で学んだが、第二次世界大戦が終わりアメリカが世界を席巻すると、やがて医学分野でも英語が国際共通語となり、カルテの記載も今では英語が本流となった。

むかし、ドイツ医学を学んだ人々は本場に行って勉強したいと思い、次々に西欧へ留学して、帰国したのち医学教育に就いた。だが中には、留学という箔をつけるためにヨーロッパに行き学問以外を満喫してきただけの御仁もいた。成功組である北里柴三郎や志賀潔、秦左八郎などは、ノーベル賞受賞に絡む仕事をして世界に認められた。そして当時の日本の大学の医学部教授たちとシステムは、揃ってドイツ医学の影響を受けている。

医術開業試験に女性として合格した第二号の高橋瑞子は、男たちが行くドイツへ自分も留学しようと渡独したが、一八九〇年という時代のベルリン大学は女性を受け入れていない。ところが高橋は、下宿先の大家のオバサンに力を借り、連日ふたりして大学のバウハウゼン教授に猛攻をかけた。その結果ついに教授は折れ、ベルリン大学産婦人科の聴講生の席を勝ちとった。西欧で医学最高峰とされていたベルリン大学医学部で、聴講といえども医学生となり、ドイツにおいて初めて医の聖域に入った女性は、日本の高橋瑞子である。

医術開業試験合格女性医師の二十七番目は、東京女子医科大学を創った吉岡弥生であった。吉岡は日本の医学教育の、女性にとって高いハードルとシステムに憤慨し「それでは私が女性のための医学校を作ろう」と果敢に立ちあがって、東京女醫学校を創立した。この後、女子医学教育機関は二つできたが、第二次大戦後に帝国女子医学薬学専門学校は東邦大学に、大阪女子高等医学専門学校は関西医科大学となって、現在でも女子だけの医学教育を貫くのは吉岡の東京女子医大のみである。

昨年ドイツの医師会雑誌を目にして驚いた。二〇〇七年度ドイツの大学医学部入学者のうち女子が七十%に届きそうだとある。日本の厚生労働省のデータベースをみてみると、二〇〇六年の日本の女性医師の総数はまだ十七%強だが、わが国あちこちの大学医学部においてはほぼ半分が女子学生となりつつある。

例外はあろうが、一般に女性は細かい神経を使い、根気強く、患者との応対も柔らかで、生命を産む母性が医療に向くと言われる。だが先日ある会で「女性医師は結婚すると『産休だ』と言っては長期に休むから、女性が増えても医師不足の一因となるだけ」と、男性医師から発言があり、未だ偏見は消えてない。全ての職種の働く女性のための支援は、国家が真剣に取組まねば有能な働き手も出産も少なくなる。

三十年前、ある大学の外科に初めて目がくるくる動く可愛い女性が入った。華やかでいいと男性医師たちは単純に喜んだが、日が経つにつれ彼女が、誰よりも勇敢に病巣にメスをふるい、手術で立ち通しても弱音を吐かず、慢性睡眠不足の外科医としてどこでも仮眠でき、正しいと思えばズバリと上司に切り込んで、男性医師たちを圧倒した。飲み会で呑んでも潰れず、酔った同僚の面倒を最後までみる。その上ある学会懇親会で、素敵なドレスに身を包み鮮やかなピアノ演奏を披露して、並みいる外科医たちを驚かせた。

そういう男性をしのぐ女性医師は、いま確実に増えている。こう考えると「女医さん」という言葉はやがて無くなり、男女差のない医療現場となるのではという気がする。

’10年版ベストエッセイ集『散歩とカツ丼』文藝春秋

ドクター・ハウシルド

昼に成田を飛び立ち、やがてひと眠り。再び室内燈が明々と点されるともう十時間も飛行して、既にヨーロッパ上空である。百年前ふた月かけた欧州への船旅は遥かに遠く、さらに三十年前アンカレッジで給油して飛んだ欧州への十八時間も、昔話となった。

いま眼下に広がる眺めは、まさしく北ドイツだ。点在する湖、赤レンガの家々、深い緑の森と牧草地が見えると「ああ、帰って来た」と、比企能樹《ひきよしき》の胸は熱い。

三十五年前ドイツ留学で、現在真上を飛んでいるハンブルグに単身降り立った。三月初めの北ドイツは凍るように寒く、電車を乗り継いで、戦時中のUボートの母港であるキール市に着いた。能樹が「ドイツへ行きたい」といった時、医局では「医学はもうドイツではないよ」と、苦笑された。この頃、医の世界でも多くの日本人がアメリカ志向であった。だが能樹は何故かドイツに惹かれる。ドイツ流の教育を受けた父から、この国の燦然とした医学史と文化の奥深さを、繰り返し聞かされていたからだろうか。

ドイツ人に知己を持つ妻の父が、娘婿を留学させてくれないかと数人に頼んでくれた。その内の一人から承諾の返事がきて、偶然にも義父と同じキール大学が留学先となった。

外科学教室の建物は、赤いレンガがいかめしく聳《そび》え、高い天井に冷たい石の壁と床、暗くて広い廊下が、四百年の歴史の重みで遠来の能樹を威圧した。

　到着して以来、能樹の世話をしてくれたのは、義父の留学時代の研究助手や看護師達であった。義父は懐かしげに「可愛い女の子達」といったが、いずれもメルヘンの魔法使いのようになっている。たいへん親切なのだが、若い能樹には彼女達の至れり尽くせりが時折気重となった。皆が嬉々として選んだ帽子、長靴と厚手のコートを買わされて身に着け、寒々とした森の中に憮然と独り立つ写真が、日本の家族に送られてきた。

　住まいの学生寮で同室の学生とは、既に大人の能樹はかみ合う所がなく、寂寥にかられてベッドに身を横たえると、目蓋に三歳と一歳になる子供達の笑顔が浮かぶ。幼い子供を留学の巻き添えにするなと両親は反対するが、二年間もこの状態は耐えられないと、毎夜能樹は妻にせっせと手紙を書いた。「一日も早く来てほしい」。

　給料をはたいて夢にみたドイツ車を手に入ると、にわかに行動範囲が広がった。日本からの留学生仲間と遠出をしたり、博物館や音楽会に出かける。ヨーロッパの文化は知れば知るほど奥深く、その入口に佇んだばかりの能樹の心をわさわさと揺さぶった。

　その頃には単身で充分やっていけると思ったが、当初書き送った再三の要望に応え、家族の渡独が決まった。キール市内から二十五キロほど南下した小さな村に住むドクター・クラウス・ハウシルドがそれを伝え聞いて「大学からは少し遠いが、子供にはいい環境だから」と、自分の病院の看護師寮の部屋を提供してくれることになった。ハウシルドは義父が一九三五年に留学した時、外科研究室で机を並べて以来の親友である。

妻が、未だ聞き分けのない小さな子供を連れた十八時間の飛行に疲れ果て、不安げにハンブルグに到着した。「早く来てくれ」と書いたものの、妻の顔を見た第一声に「そんなに急いで来なくてもよかったのに」と言ってしまい、後々まで恨みをこうむった。

初めて家族を乗せた車はハンブルグから北へ百キロほど、夏のシュレースビッヒホルシュタインの森と湖を縫って快走し、やがて小さな村に入った。森の中に、ハウシルドの屋敷と四階建ての病院が並んで建っている。赤レンガの外壁に緑の蔦が這い、窓枠には真っ白なレースのカーテンが揺れて、前庭に花々が美しく咲きこぼれる。

屋敷のドアを開けるとベルがチリリンと響き、玄関ホールに窓から差し込む夏の陽が、能樹一家を暖かく包んだ。ハウシルド夫妻が子供達を愛しげにかわるがわる抱きしめる。妻は、ハウシルドに「お父さんはお元気か」と聞かれて、初めて笑顔を見せ、大きく肯いた。

翌日からベートーベンの田園交響曲さながらの村の生活が始まった。朝「おはよう」の声がして、誰かが台所のガラスをノックする。窓を開くと赤いナイロンの網袋に入った焼き立ての丸パン四つとピッチャーに一杯のミルクが、無骨な手でにゅっと差し出された。

ハウシルドは村はずれに大きな牧場を持っていて、見渡す限りの牧草地に沢山の牛や豚、羊を飼い、広大な畑にはジャガイモなどの野菜ができる。そこでの生産物で病院全体が自給自足するようになっている。牧場で働く素朴な農家のおじさんが、毎朝絞り立ての牛乳とパンを届けてくれるようになった。

ハウシルドは、婦人科医であるハニー夫人と共に四十床ほどの病院を開いている。北ドイツの人特有の大柄なハウシルドが村の中をゆったりと歩くと、村人達が丁寧に帽子をとり「先生様、おはようさんです」と、あちこちからかかる声に「親父さんの具合はどうだい」と、返事しながら歩を進める。プラチナブロンドが輝く夫人が颯爽と歩くと、子供達が自分の名を呼んで貰いたくて集まる。この子達は夫人に取り上げられ、この世に生を受けた。

能樹の留学も半年が過ぎた。北国の秋は早く、冷たい風が広大な牧草を分けるように走ると秋の陽はあっという間に沈む。緯度の高いこの地の人々は、白夜の夏は夜晩くまで外を楽しみ、秋にはロウソクを燈して暖房の効かせた室内で夜長を楽しむ。

だがこのところ能樹の心は、既にどんよりと冬の空の様であった。家族も来て日常生活は充足したが、勤務先での言葉の壁は当初よりも一層高くそそり立った。北ドイツの人は朴訥で暖かいと聞かされていたが、能樹にとっては愛想に欠け恐ろしげであった。もともと万事に控えめの能樹は、医療現場で持てる力を主張できず、唇を嚙み締めることが度々あった。自分がこれまでやって来た日本の医療のほうがはるかに進んでいる、今だに古いやり方のドイツへ何を学びに留学したのだろう。これ以上いるのは時間の無駄かと悩んだ。

そもそも二十世紀最後の医学躍進の一つに数えられる内視鏡は、十九世紀初頭にドイツで創められたが、一九五〇年に発明された胃カメラは日本が誇る最新技術であった。能樹は日本で、当時外科医としてはめずらしく内視鏡の研究に携わり、既に多くの経験を重ねていた。だが留学したドイツでは、未だ胃カメラすら普及していなかった。ある朝のカンファレンスで「誰か胃カメラをやってみないか」と教授が問いかけた時、例によって遠慮するうち手を挙げるタイミングを失した。この国では、しっかり自分を主張しなければ、認められない。万事こんな状態ではドイツの大学にいる意義はない、日本に帰ろうと能樹はますます考えた。

ある日の午後、家族でハウシルド家のお茶の時間に参加した。女達のお喋りから離れて座るハウシルドに、能樹は「実は、手術もさせてもらえないし、言葉ができないせいか研究の場にも入れないので、そろそろ帰国しようかと思います」と、こぼした。ハウシルドは窓の外を見ながらしばらく沈黙した後、「牧草の刈り取りが見える。ちょっと外へ出てみよう」と、能樹を促してフランス窓を開けふらりと庭に下りた。能樹の肩に手を置いて、ハウシルドがゆっくりと話し始めた。

「第二次大戦でドイツは日本と同じく戦いに敗れたよな。私は軍医として出征し、終戦当時ロシアとの国境近くでソ連軍に捕えられ、収容所に入れられた。ここも寒いが、あそこはもっともっと寒い。私達は何時国に帰ることができるのか、全く予想がつかなかった。酷い寒さと、ドイツ人捕虜は皆殺しという噂で、頭のおかしくなるドイツ人の仲間もいた。私はいつも家族のことを考えて、必ず生きて帰ろうと決心した。そしてその日まで、なんとか自分にできることをやって、我慢して耐えて待とうと決めたんだ。私の場合それは医療だ。だが薬も器具もない。おまけに言葉も分らない。しかしできることで、人々の為にベストを尽くそうと決めた。その内、ロシア人も私を頼ってくるようになった。だが、なあ、一口に五年といっても、それは長いものだったよ。帰国できてハニーと子供をこの腕に抱いた時は、夢かと思ったよ。居間に飾ってある絵があるだろう。あれは長女のカタリナだが、ロシアの民族衣装を着ている。私が肌身離さず持っていた娘の写真をもとに、治療のお礼といってロシア人の画家が描いてくれたんだ。あれは私の勲章だよ」

普段寡黙なハウシルドが、めずらしく長い話をした。

この後、能樹はひと山越したかのように明るく勤務した。やがて手術も研究もやるようになり、同僚と親しくなって家族ぐるみで招き招かれ、親しみを増した。上司や同僚と積極的に話をすることで、伝統を基礎とするドイツ医学の哲学と個々の考えの深さを学べた。そして友情という掛け替えのない成果をしっかり自分の物にした。

能樹は帰国した後も、辛いことがあると今もハウシルドの言葉を反芻する。そしてヨーロッパの学会に参加する度に、「仲間と一緒ですが、訪ねていいですか」と手紙を書いた。直ぐに「自分の家に帰るのに、なぜ遠慮をする。お前の友は、私の友だ。みんな連れて帰っておいで。お前のオンケル・クラウス（クラウスおじさん）」と、返事が来た。言葉に甘えて、いつも仲間を連れて行った。その度にハウシルド夫妻は、地ビールとジャガイモとスープで暖かく迎え、訪れたみんなは、観光旅行で決して味わえない感銘を受けた。

二十年前、能樹は若い仲間である小林伸行を伴い、ハウシルド家で五日間を過ごした。自家製の野菜や卵、ジャムなど、質素だが心のこもった食事に満足した。ゆったりと過ぎる時間は、日本では考え及ばないテンポであった。小林は壁面一杯に並ぶ本棚から一冊選んで頁を繰る。それはベルリン・オリンピックの写真集で「これは女性の映画監督リーフェンシュタールの作品ですね」と呟くと、ゆり椅子で見ていた新聞を閉じ、ハウシルドがひと膝乗り出した。過ぎ去った暗黒の時代を、ハウシルドはゆっくりと重く語った。

滞在中小林は、一人で家を切りまわしていると思われるハウシルド夫人が、時折夫を見つめ指示を仰ぐことに気付く。それに応える言葉は短く、低いが、威厳をもった主《あるじ》が家庭の舵をとっている。小林は昔、祖父がこのようであったことを思い出す。今日の日本では希少となった、苦労を重ねた上で家族の信頼を集める強い父の姿を見て、美しいと思った。

一九九五年の冬、能樹は妻と病床のハウシルドを見舞った。能樹はベッドの側でハウシルドの脈を取り、骨と皮になった手を長い間撫でていた。北ドイツの森の湖のようなハウシルドの蒼い目が開かれ、「子供達は元気かい」と囁くように呟いた。能樹は大きく肯きながら「今度は一緒にきます」と答える。だがハウシルドは、ゆっくりと頭を左右に振り「お前達とは、もう会えないだろうよ。私の日本の息子よ Alles Gute（ごきげんよう)」と、微かにほほえんだ。ハウシルドの手をおでこに両手で押し頂いて、くるりと向きを変えた能樹の目から、大粒の光がいくつも零れ落ちた。

ふた月の後、村外れの教会の、大きな菩提樹の下にハウシルドは眠った。


'02年版ベストエッセイ集『象が歩いた』文藝春秋

ハッケヨイのこった

万象は移ろうもので、相撲もまた変貌した。本場所の土俵上も全体の雰囲気も、全てひっくるめて私の相撲が姿を消してゆく。

小学生の頃から相撲が大好きで、中学高校では好きという段階を通り越し、親が心配するほどのめり込んだ。当時は女だてらにといわれながら、本場所の期間中は毎日のように通って、一番上の鉄骨の間から、はるか眼下の熱戦を食い入るように観た。

「す」に十年「も」に十年「う」で十年、計三十年見続けて、やっと「相撲」を語ってよろしいと言われたが、語るに相応しい歳はとっくに越えている。だが今では年に一―二度本場所を観る以外、テレビも熱心には観てないし、まして稽古場に行くのも数えるほどである。それほど相撲と遠い暮らしになった。

たまに相撲をみると、次々と海外出身の力士が登場して驚く。東洋の人、西洋の人、それが意外に相撲の極意を心得た取り口で、しかも滅法強くて、巧い。見るからに異人さんも、チョンマゲや褌をつけているのだが、総じて四股の踏み方、蹲踞《そんきょ》の構えも型に適って美しい。この国に来て相撲を真面目に、素直に学ぶから、型も基本もすんなり身に着く。祖国を出る時、重い期待を託されて送り出された責務もあるだろう。

昔から力士は、その心得として三カ所を締めて日常を過すように教えられる。髷の元結《もっとい》で締め、腰を褌で締め、足の親指を地面に食い込むほど締める。そうすると、自ずから相撲も強くなると。

力士の頭上に銀杏の葉っぱを載せた形に結い上げる大銀杏は、十両以上の関取の、いわば正装の髪型である。普段は全ての力士は同じでポニーテールを頭頂に寝かした、いわゆるチョンマゲに床山が結う。力士とすれ違いざまの鼻をくすぐる甘い香りは鬢《ビン》付け油の匂いである。

稽古上がりに乱れ髪の関取がふんわり羽織る浴衣、ザンバラ髪をようやく束ねた取的の糊の利いた浴衣姿は、清しいものだ。ところが最近見かける部屋のロゴ付き「トレーナー」は、どうも頂けない。皺にもならず汚れも目立たず、手入れは簡単であろうが、チョンマゲにはやはり着物が数段美しい。本来、着ているもので番付の順位、褌担ぎか関取か一目瞭然だった。足袋を履いていれば幕下以上、羽織着てるから十両以上と識別でき、早く出世して暖かな羽織やマントを着たいと、それも若者の稽古を頑張る意欲となった。

トレーナーを着る力士たちは見るからに軽い感じがする。パフォーマンスと称するそうだが、花相撲のコミカルなショー〝ショッキリ〟かと見紛う所作を本場所の土俵上でしたり、喜怒哀楽をむき出しのガッツポーズ、平均的に昭和の頃より力士の身体ははるかに大きく重くなっているが、中身が異様に軽い。力士は力と技と心を競う戦士であるのだから、テレビのお笑いタレントと同列で人気を競う必要は毫《ごう》もないと思う。

ある海外出身の力士が激戦に勝ち、頬を紅く染め土俵下の控えとしてどっかと腰を落とした。歓喜の座布団が頭上で舞い飛んでも口を真一文字に締め、次の取組みを見届ける任務を古来からの約束ごとに適って立派に果した。そして花道を退き上げ、ようやくニッコリと皓歯を見せたのをテレビが写した。久方ぶりの爽風が、茶の間の観戦席まで届いた。勝負に勝って「どんなモンじゃい、オレは強いぞ」とガッツポーズを決めなくても、相撲を見ている万人は「強いなあ、巧いなあ」と分る。

そもそも相撲は神事に始まった「静」のスポーツと思っていた。力士は土俵上では、勝っても負けても思いを胸に秘め古来の儀礼とおりに振舞った。ところが日本人の感情表現型が変わったのか、小学校の意見発表の教育があまねく功を奏したのか、力士達も明るく率直によくしゃべる。中には自らの取り口を整然と解説する口達者も現れ、これはこれで立派である。しかも海外出身の力士が鮮やかな日本語で我を語っている。何を聞いても、突きつけられたマイクに鼻息だけを吹きかけて「ごっつあんです」というだけの、無愛想な力士たちが去って久しい。

昭和の大横綱双葉山は、六九連勝して負けた日に、部屋へ帰って直ぐ「未ダ木鶏タリ得ズ」という電報を打った。木で作った鳥のように無心で相撲を取れと諭したタニマチ、つまりご贔屓に、自らの不甲斐なさをこう表した。加えてこの大横綱が現役の間、隻眼《せきがん》、つまり片方の目が全く見えないことを言わずに相撲を取っていたことが、ずっと後になって公になる。このふたつの話を聞いて、益々双葉山の評判は上った。

四十年ほど前、本場所前の朝稽古をよく覗いた。稽古土俵の正面にはスター力士が、竹箒をもってどっかと腰を下ろし、若い力士たちに鋭い声を掛けていた。なまくらなヤツ、見込みがあるのに直ぐ稽古をやめるヤツを見逃さず、竹箒の穂先を束ねて手に握り、撓る柄で彼らの臀部を思い切り打つ。泣いて涙と鼻水と汗でクシャクシャになりながら、「もう一丁、もう一丁」と促され、足腰立たなくなるほどの稽古が続いた。相撲部屋隆盛の歴史を見ても、厳しい稽古と評判の部屋からは次々と強い力士が育つが、その原点がここにあった。

テレビで日本の伝統芸能一家の稽古風景が写り、師匠である親が幼い子供を大声で叱る、ひっぱたくと、それは恐かった。伝統を正しく継承させることは、それほどに厳しい。今の世の中あまり厳しくしごくとマスコミの餌食になったり、訴えられたり、なかなか兼ね合いが難しい。暴力を礼賛するつもりは全くないが、揺れ動く青春只中の男児を鍛えるのに、生ぬるく優しくしていては強くなるものもならないではないか。

地方巡業の形態も変わった。以前は小さな単位で全国津々浦々へ散り、力士幟をみると、老若男女が村の鎮守の境内で催すテントがけの相撲を楽しみに駆けつけた。小さな子供はテントの隙間から覗いても、咎められない。そうやって人々は楽しみながら相撲に親しんだ。

それぞれの一門や部屋が、夏の北海道巡業、冬は暖かな九州巡業と、時を選び過し易い土地を求めて北に南に移動する。

観客席の真ん中のたった一つの土俵で飽き足らない力士たちが、それぞれに地面に大きな丸を描き、そこで申し合い稽古し、人々が輪を作って立ち見した。これを山稽古という。子供たちも校庭の片隅やちょっとした広場を見つけると、地べたに丸を描き相撲を取って遊び、決り手や差し手を身に着けた。相撲は日本人にとって、素手で親しめるスポーツだった。

もうひとつ地方巡業の長点の一つは、行く先々でのリクルート活動である。噂に上るような体の大きな子を巡業に招待し、親を口説いてスカウトした。そうやって国中から多くの力士の卵を集めた。

燦々と注ぐ太陽、地元の食材で作る栄養たっぷりのチャンコ、山稽古も含めた、稽古、稽古の明け暮れが、本場所で艶々と輝くような赤銅色の肌と、充実した取組みを生んだ。巡業でみっちりと稽古を重ね、身体を作って本場所に臨むため、本場所の土俵で直ぐに怪我することは少なかった。そして久保田万太郎が詠んだ「秋場所や　錦にしきのあつさかな」というまぶしい華やかさを、各場所で見ることができた。

やがて、テレビが普及して何処ででも本場所が観られるようになる。何かをやりながら観られるテレビ観戦は、勝負の結果のみ、或いはその刹那がおもしろければそれでよいという風潮を生む。そして地方巡業でも、都市にあるスポーツセンターなどで本場所さながらの全員参加の興行が催されるようになり、小規模な巡業は消え形態が変った。

その結果人々は、出来上がった相撲を観るだけで、稽古を重ね仕上がっていく過程をつぶさに見る機会を失い、遂には見巧者も減っていく。

　夏休みのある日、両国にある古い歴史の相撲部屋を覗くと親方の大声が洩れてきた。それに応える声が、やけに可愛く、高く明るい。過去七年も続いている小学生の相撲教室である。生れて初めて真っ白な褌をつけた子供たち大勢が、親方の指導で揃って声を上げ、四股を踏み、蹲踞の姿勢を取り、流れる汗をかいている。むかし小学校の校庭に必ずあった土俵でみた光景が、繰り広げられている。

　この種蒔きが何時の日か芽を出し、日本の国技である相撲と親しむ人を育てるだろうと思わず口元が緩む。だから今、相撲に愛想を尽かし、別れを告げるのはもう少し我慢することにしよう。のこった、のこった。


’06ベストエッセイ集『カマキリの雪予想』文藝春秋

ヴァイオリンの音

ブドウ畑といわれる形式の、ホールの真ん中でひそやかにグランドピアノが照明を浴びている。やがて打ち寄せる波のように起った聴衆の拍手に招かれ、ヴァイオリンと弓を左手で持ち、スパンコールのキラキラと輝くパステルカラーのドレスの裾を引いた演奏者がスポットライトの中に立った。拍手はひときわ大きく高まり、演奏者のにこやかな挨拶を包み込んだ。

くるりと後ろを振り向いて一呼吸整えた後、華奢な身体が澄み切った音色で、シューベルトの「アヴェマリア」を弾き始める。その音は唐突に聴衆の心に忍びこみ、都心の雑踏を潜り抜けてきた身体を、さわやかなそよ風となって清める。この演奏者はソリストとして今まさに絶頂期を迎えようとしていて、二年前に出会ったストラディヴァリウスの名器が彼女を助けている。

ヴァイオリンの音は、私を一気に幼い時代に引き戻す。

音楽好きな母は子供にヴァイオリンを習わせた。戦前に博多で兄が、上野音楽学校出身の人に習い始めた。兄は従順に、母の言うままレッスンに通った。父の転勤で長崎に引っ越しても、博多まで月に一度のレッスンを受けに連れて行かれた。

やがて戦争が始まると外来の音楽などもってのほか、今日の食べ物の方がはるかに重要という時代を迎える。中学生になった兄もゲートルを巻き、学校ではなく工場へ動員される生活となる。そして戦況は坂を転がり落ちるように悪くなり、日本各地は連日爆撃で破壊されていった。わが家も空襲に遭い、家ばかりか祖父母までも戦火で焼かれた。当然ながら家財道具一式、母のヴァイオリンの夢も全て消散した。

戦後平和が戻り再び博多に引っ越した時、母は私にターゲットを置いた。住んだ所が偶然にも、兄のヴァイオリン教師の三軒隣であったことは、母にとっては幸い、私にとっては災いであった。時間になると子供用のヴァイオリンとホフマンの教則本を渡され、母の明るい声に送り出される。道端の花や虫をじっくり観察しながらジグザグと歩いても、三軒先では頑張って七分が最長であった。私の中のストレスは徐々に膨らみ始め、ある冬レッスンが始まると突然ヴァイオリンを胸に抱いたまま昏倒した。先生に担がれて、わずか一分のうちにわが家に戻された。以降ヴァイオリンを見ては吐き気を催すので、遂に母も私を諦めた。

舞台では、母が好んで蓄音機にかけたドボルザークの「ユーモレスク」が奏でられ、落ちこぼれの胸に切なく沁み入る。

今宵の演奏者と私の子供は同じ小学校だった。おかっぱの下の聡明なくりくりと動く円らな瞳が、今なお目に残る。幼い彼女が一端ヴァイオリンを構えると、力強く、間違いなく曲を奏で、その弓の力をもって日本学生音楽コンクール小学生の部で四年生の時に一位、十五歳にして大人を差し置いて全国音楽コンクールでの優勝を勝ち取った。

父上は大学教授で、母上は独特の英才教育方針を持つ、文化・芸術を尊ぶ家庭に生まれ育った。彼女の二人の兄も日本画家と音楽家に成り、いずれも現代の超一流である。

特出した彼女ではあったが、小学校時代から大学まで控えめで驕るようなことは一切なかった。音大でなく大学は文学部に進学したが、友人たちは音楽活動のために出られない授業のノートを取って彼女を助け、暖かく見守ってきた。手を差し伸べずにはいられない何かを、彼女はもっている。

この小学校は六年間持ち上がり方式で、その担任の先生に巡り合えたことも、彼女にとって僥倖《ぎょうこう》であった。

先生には、生徒それぞれが個性を十分に育てられ、伸ばしてもらった。クラスの皆は、何でもいいから得意のものをみつけようといわれた。ひとつことに深く興味を持つことによって、その知識を得るための読書力、客観的に他と比べてみようと集計する計算力、判ろうとする考える力、さらにもっと上手になろうという努力と、巧まずしてさまざまを学ぶことができるというのが先生の持論であった。

彼女のヴァイオリンに積極的な理解を示しただけでなく、他の子の例えばピアノ、漢字、計算などいわゆる学習のみならず、遊びも大いに結構で、百人一首、縄跳び、駆けっこ、コマ回し、野球、折り紙、魚釣り、あるいは蛇、虫、魚、電車、恐竜などなど、その知識や技能で適う者が無いようになろうよと呼びかけた。実際にそれぞれの分野で並の大人はもとより、専門家さえ密かに舌を巻くほどの子供が育った。従って先生が受け持った子供達は、現在も各方面で多士済々である。

その先生が、先年、定年を迎え小学校を退職され、薫陶を受けた教え子たちが集まって感謝と祝いの会を企画した。

小学校の卒業式で先生が一人一人に視線を送り、大粒の涙をこぼしながら祝福し送り出してくれたことが、皆には忘れられない。生徒たちは次々と卒業していっても、先生はずっと小学校に残り続けたわけで、今回定年でようやく小学校を後にする。だから、先生自身の卒業式を皆で執り行い、生徒たちの手で先生の次なる門出を祝おうと相談がまとまった。

通常の卒業式に則り、たった一人の「卒業生」である先生が会場に呼び込まれた。都心のホテルの大広間には、先生を送る人々が七五〇人も集まった。単にこの小学校だけでなく、先生が大学卒業後すぐに就職した中学の卒業生や、父兄達も加わっての人数である。

幾多の視線を一身に浴びた先生は、夫人と共に正面ステージの金屏風の前で深々と一礼して腰を下ろした。その椅子は大人気のファニチュア・デザイナーが作り、前日原宿でカリスマ・ヘアメイクアーティストのヘアカットを受け、彼らいずれもが先生の教え子である。司会は、学校時代先生に心配をかけた企業人と医師の三人が、汗かきながら頑張った。

圧巻は「卒業生」が歌う「仰げば尊し」である。これまで卒業式のたびに、皆が心を込めて先生に捧げたこの歌を、今日は先生がたった一人で歌う。先生は、特級のヴァイオリンで彼女が伴奏してくれると聞いて、それに恥じないよう前日まで練習おさおさ怠り無かった。

一同が耳そばだてる中、先生は想像以上に滑らかなバリトンで朗々と歌い始める。ところが「思えば幾とせ……」までできたところで、突然絶句した。ステージ真下の最前列には、先生が退職直前まで受け持っていた小学三年の生徒たちが、可愛く並んで床に座っている。その子等の円らな瞳から涙が溢れているのを、先生は見てしまったのだった。ひときわ静寂になった会場には、彼女のヴァイオリンだけが心のこもった「仰げば尊し」の後半を、静かに厳かに歌っていた。

一昨年の暮れ、ある国際医学会の会長が国の内外から集った三百人のゲストをもてなそうと、彼女を招いて特上の音楽を振舞った。ヴァイオリンが聴こえ始めると、ざわめいていた広い宴会場が俄かに水を打ったように静まった。次々とお馴染みの曲が演奏され、客人たちは彼女の弓を凝視し微動だにしなくなる。

最前列に座る年配者のひとり、クラシックにはとんと縁のなさそうなゲストが、突然メガネをはずしてナプキンを目に押し当てて涙を拭う。見渡すと、そこここで白いナプキンが膝から目へと行き来している。人々は、彼女が新しく手に入れたヴァイオリンの、音の魔術にかかったように聴き入った。

あの異様なまでの雰囲気はストラディヴァリウスの名器が為せる業だろうかと、後日音楽の専門家に聞いてみた。

「いや、どんな名器でもそれを弾きこなす演奏者の腕がないとだめでしょう」

デュランティという名を持つこの楽器は、法王のために作られ、長い間禁裏に保管されて歌うことがなかった。縁あって彼女の手に抱かれるようになったデュランティは、三〇〇年の眠りから覚め、女性としても円熟期に入った彼女の指に触れられて、初めて妙なる声を上げ始めた。

舞台ではサラサーテの「スペイン舞曲、プライェーラ」の演奏が始まった。初めてデュランティの音を耳にした一昨年は、演奏者も楽器もお互いに少し遠慮気味だったと感じられた。いまやそれらは一体となり熱く絡み合いながら、情熱的なこの舞曲を、聴衆の体を揺さぶるような低音で歌い上げている。「この楽器に一目惚れをした」と言った彼女に、デュランティは深い愛で応えているようだ。

おかっぱの少女は、艶やかな美しい女性に育った。彼女とデュランティの、魂が溶けそうな歌を聴いていると、まるで映像で上質なラブシーンを観ているような錯覚に襲われる。

時がきて今宵の演奏会が終わった。演奏者千住真理子がデュランティを胸に微笑んでいるプログラムの写真をもう一度みて、大切にバッグにしまう。

『春秋』二〇〇四年八・九月号

花を養う雨のように

花を養う雨のように、教育は在らねばならないと思っている。遠く和漢朗詠集の筆者は「雨は花の父母」と詠んだ。

現代において全ての父母や教師が、子どもの花を咲かすべく、雨のように愛を降り注いでいるかと問えば甚だ心もとない。

子どもたちはそれぞれ小さな蕾をもって生まれ、長い年月に慈雨が注がれた結果、花を咲かす。人目を惹く華麗な大輪も、小路の傍でひそかに開く小さな花も、奥深い山野の草花も、いずれ劣らず分に応じて美しい。だが子どもの咲かせた花を美しいと、それなりに評価する大人は少なくなり、やれ塾通いや習い事、有名学校への進学と、一律に見栄えのある華やかな花のみを追い求める人のなんと多いことか。その挙句に咲いた花々は、ひょっとして香りのない、プラスティックの造花であるかもしれない。

時にニュースは、わが子さえも手にかけて命を奪った非道な親のことを報じる。しかも母親が、わが腹を痛めてこの世に産んで、無心な笑みをみせるわが子を、どんな思いで殺《あや》めるのか。考えただけでも鳥肌が立つ。

そんな子育てもできない者が子どもを持ってもよいのだろうか。四人の子を立派に育てたドイツの友人と話をしている時「子どもを持つにもライセンスを発行しなければねえ」と言った所、大いに賛同を得た。欧州でも親の資格が疑われる人が子どもを産み、かといってこれを規制すれば、少子化に益々拍車をかけることになると嘆きあった。

今年、私は一冊の本（『たった一人の卒業式――教え子たちのプレゼント』中央公論新社）を上梓した。一人の愛あふれる教師と教え子たちの、心と心の物語である。卒業して何年経ってもなお、教え子たちは何かにつけこの教師を訪ね、悩みを打ち明け、また良いことがあると共に喜んでもらう。その数は数百人にものぼる。それはこの教師から、学校時代に春の雨のように優しく、時には風を巻き込んで厳しく、愛を降り注いで貰ったからに他ならない。

年配の人々が、自分もまた子どもの頃この様な教師に出合ったと、潤んだ目で恩師を思い出す。子どもが発信する電波を教師がきちんと受け止め、応えてくれるという関係は、何年か前までは決して珍しく無く、日本中の何処にでもあった。ところが今日では、暖かい教師との思い出を大切にし、卒業後も教師と連絡を絶やさないという人の方が少ないそうだ。

男性が語る思い出で、教師に打《ぶ》たれた、ぶん殴られたという話も聞いた。そう話す人の顔には、さも懐かしげな微笑みが浮かぶ。しかも、そんな人は一人や二人ではなかった。

幼い日いたずら坊主で、教師によく叱られ廊下に立たされたり、一発痛打も喰らった挙句に、半べそかいて家に帰ると、母親が「まあ、ありがたいねえ」と、言ったそうだ。なぜ教師に打たれ親がありがたがったかというと、それはとりもなおさず教師と親との信頼関係、そして教師に対する尊敬の念が親にも子にもあったからである。教師は子どもを導く専門家で、沢山の子どもを扱った経験に基づいて「イカン」と叱る。それは子どもにとって、社会に出たとき是非とも知っておかなければならないこと、人として生きるのに大切なルールを教えてもらったのだという、強い信頼があった。

ある国立大学の教師に「先生は何年教鞭を取りましたか」と聞いたところ、気色ばんで「私は鞭など持った覚えが無い」と過敏反応を起こされた。かように昨今は体罰に、ことに教師の体罰には厳しく、仮に学校で児童の尻を軽く打っても教育委員会まで直訴され、マスコミがらみで大騒ぎをする。

もちろん叩いてものを教えるのは、猛獣の調教ではあるまいし、もってのほかで、鞭など持たないに越したことは無い。

だが私は、愛と信念があれば子どもの尻の一つや二つ打ってもいいと思っている石頭派である。愛があるかどうかの判断は、正直言って甚だ難しい。しかし子どもをピシリとやる時、信念またはルールさえはっきりしていれば、よいのではないかと考える。
つまりは子どもを打つにはつとめて冷静に、絶対に頭部や腹部に手は出さない、そして子どもが危険な行為をした時、他人に過度な迷惑をかけた時、そして嘘ごまかしを言った時に限るべきである。そのルールさえはっきりしていれば、ためらわず太ももも辺りをピシリとやるがよい。お仕置き大いに結構ではないか。立たせるのもよかろう、正座もまたよしと思う。

どの子も悪気無くちょろりと嘘をつく。子どものついた小さい嘘は、そのたびに摘み取っておかないと、長じて嘘を言ってもごまかしても心に痛みを覚えなくなり、先々に苦労するのは自分自身であるのだと、伝えておく必要がある。小さな嘘は、やがて汚れた雪だるまのようにゴロゴロと転がりながら大きくなる。嘘に嘘を重ねると、自分の心が苛《さいな》まれることすらすっかり無くなって、その結果、大人になって二枚どころか何枚あるか分らぬ舌を、ケロリと使い分ける人間になる。

さまざまな事件の報道をみていると、いずれも嘘やごまかしが明らかになった末の不始末だと、痛感する。当節、テレビに出てきて、薄くなった頭髪を「これ見て下さい」とばかりに、お辞儀を繰り返して画面にさらす大の大人は、気の毒に小さい時に嘘を摘み取ってもらえなかったのだろう。

「嘘は泥棒のはじまり」という言葉を、日常茶飯事の小言で聞いたものだ。「嘘をつくと閻魔《えんま》様に舌をぬかれるよ」とか「そんな子はお天道《てんと》様や世間様に恥かしい」とも言ったが、今は閻魔様やお天道様、まして世間様など畏れる人は無くなったようだ。

思えばこの頃、子どもに「我慢」を教えていない。道で転んでさして痛くも無いのに泣き叫ぶ子どもに「ごめんね、ごめんね。ママが手を離したからいけなかったね」と母親が謝る。勝手に走った子どもが悪いのに、なぜ母親が謝るのか。一言「我慢しなさい」でいいのではないだろうか。子どもにおもねって、何でもやさしいことがいい事と厳しく育てるのを非難する傾向にあるが、決して子どもにとって為になるとは思えない。悪さをして叱られて「怖い」と思う人が時折示すやさしさは、のべつべたべたやさしいだけの言葉や態度よりも、子どもにとって価値がある。

ある日、私の乗った電車の中での出来事であった。都会風のオシャレな母親と三歳くらいの児、そして見るからに田舎から出てきた風体の祖母の三人が並んで立ち、やがて遊び疲れたか子どもがぐずりだした。母親はその口に食べ物を押し込んで「もう直ぐだからね」と猫撫で声で説得するが、口が空になると再び駄々をこねる。段々声が湿ってきて大きくなり、それを制する母親はオロオロとあわてた。その時、祖母は子どもの腕を自分の側にぐいと引き寄せ「我慢」と鋭く言いながら、尻をバチンとやった。子どもは吃驚して祖母をみる。祖母は無言で首を振った。その瞬間、私は「ヤッタぜ、お見事、バアチャン」と、危うく叫びそうになった。子どもはベソをけん命に納めた。

子どもを叱る時には、子どもとの間にしっかりした信頼関係、つまり愛がなくてはならない。きつく叱ったその意味を、子どもが把握して、大人が自分を憎んで叱っているのではない、自分のためを思って叱ってくれたと信じなければ、叱るという行為は活きないばかりか、恨みさえ残る。だから日頃から、子どもをしっかりと愛していなければ叱ってはならない。愛無く叱ると虐待に繋がる。親ばかりでなく、教師とて同じである。

私は家族ぐるみ第二次大戦後のどさくさに巻き込まれ、小学校で五度の転校を止む無くされた。そしてその間、子どもの信頼を一身に集める愛あふれる先生と、自分の立場ばかりを守り生徒の存在を二の次にする、双方の教師たちに出会えた。

小学校六年の時だった。一年半前に転校してきた私は、各地を転々とした体験から物怖じしないこましゃくれた子だったが、担任は私の生意気を矯《た》めながら、それまでの学校では進んでなかった部分の勉強を放課後に補ったり、課外に好きな理科の実験をするのを許してくれたり、やさしく導いてくれた。私だけでなく、クラスのひとりひとりがそのように愛情豊かにしてもらったと、子どもたちは肌身で実感できた。

ところが六年になった途端に突然、この教師が他校へ栄転することになり、みんなは大泣きに泣いて見送った。新しい担任は、先ずクラス委員をすげ替えることから始め、この学校の偉い先生の子どもを就任させた。勉強の出来ない子どもを皆の前で叱りつけ、小さくなったチョークを思い切り投げつける。子どもはそういう不条理には敏感で、なんとストライキを以《も》ってその教師に対峙したのは他ならぬ幼い私であった。教室では始終横を向き、指名されても無言で白目を剥いていた。どの位の期間続けたかは今になると定かではない。だが、この罰は中学入学直後に神から厳しく下され、私は病を得て半年も休学とあいなった。

あの優しかった小学校の教師は、いま八十九歳になられ、当時の子どもたちと年賀状の交換を絶やされない。現在でも私が書く賀詞よりも長文の便りを頂いて、毎年の元旦に恐縮してしまう。

未だに慈雨は、私の上に注がれている。

『春秋』二〇〇七年七月号

III

百年のチクタク

ガラスの蓋がついた箱に収まる白い石膏のデスマスクは、華奢で優しい。小学校の音楽室に掛かっていたベートーベンのマスクは、平家蟹のようでいかつく怖かった。間近に見ているマスクの、高くて薄い鼻梁と広い額、カールした柔らかそうな髪と頰ひげ、長い眉やまつげには気品が漂い、今にも開きそうな目蓋の奥には、さぞや蒼く澄んだ穏やかな瞳があったろうと思われる。

十九世紀末に生きたヨハン・フォン・ミクリッチ・ラデッキのデスマスクは、一九〇五年に亡くなった時、身内にのみ遺されたと聞く。だがその一面が海を越えて、日本人外科医であった祖父のもとへ届けられた。それは祖父の勤め先であった九州大学外科教室の書庫に、その引退後も書籍などと一緒に「私物」の札をつけて預けられた。第二次世界大戦の戦火も免れて、棚の隅に置かれた風呂敷包みに積る埃を払う人は、長い間なかった。

昭和二十二年、運命の糸に操られるように長男である父が、同じ外科の教授に就いた。父は書庫に眠っていた祖父の遺品を整理し、例の古ぼけた風呂敷をほどき、木箱のふたをそっと取る。久しぶりに窓越しの陽光を浴びた木箱の中のミクリッチは、あたかもその時を待っていたかのように、真っ白に輝いた。

中には、一九〇五年六月十六日付けの『シュレジッシャー新聞』が、折り畳まれて入っていた。ドイツ帝国のブレスラウ市で発行された新聞は、亀のこ文字といわれる装飾の多いドイツ文字で印刷され、上段に置かれた鷲の絵柄もいかめしい。もしナチスが行った稀有な功を挙げるなら、その統治時代に読みにくい亀のこ文字を廃して、普通のアルファベットをドイツ語の標準表記に採用したことであろうか。

古新聞の亀のこ文字を苦労しながら読むと、それはミクリッチの追悼文であった。「悲報はあっという間にわが町に知れ渡った。わが高名なる市民、われらが誇る大学教授、賢明な外科医、慈悲深い医師であるミクリッチは、男盛りに逝った。あの優しい目は永遠に閉じられた」で始まる記事は、ブレスラウ市民がこぞって五十五歳の死を悼む様子がうかがえる。

一八五〇年、ウクライナ西部のチェルノヴィチで、ミクリッチは著名な建築家を父に、六人兄弟の長男として生れた。生誕地に現在も残る市役所や公園は父親の設計によるもので、その功績により代々貴族の称号であるラデッキと名乗ることを許されている。ミクリッチは故郷で高等教育を修めた後、ウイーン大学医学部に入学する。ドイツ語が不自由でなかったのは、母がドイツ語圏であるオーストリア人であったからだ。

ウイーン大学時代、医学の勉強のかたわら音楽をこよなく愛し、下宿の娘にピアノを教えたが、そのヘンリエッテと結婚して、後に七人の子をなした。

大学卒業後、ウイーン大学の外科学を専攻した。一八八一年外科医ビルロートが同大学で行った手術法は、一世紀を越えた今もなお世界中で胃の手術に用いられ、その名を冠せてビルロートⅠ法またはⅡ法という。初めてこの方法で摘出手術された三十六歳の女性の胃袋は、現在もホルマリンに保護されてウイーン大学の医学博物館にあり、世界中から訪れる外科医達が感嘆の声をあげながらこれを眺める。

ミクリッチは朝七時から深夜まで研究室で猛勉強をした。その成果は、春になりヨーロッパの暗い冬空を払って一面に真っ白な花を咲かせるリンゴの樹に似ていた。こうして生れた発明や発見は、現在も医療の現場に通用する。すなわち鼻腫瘍の特殊な「細胞」、リンパ腺に起る「症候群」、大きな手術創に充てる「タンポン」や、摑んだものが滑らない手術道具の「鉗子」などは、各々創案者「ミクリッチ……」の名を冠せて称される。

三十二歳で母国クラクフ大学に赴任したが、外科手術ができるような整った施設がなく、鬱々と過した。ミクリッチの夢は、医学のメッカであったベルリンかウイーンで働くことであったが、五年後にドイツの、現在はロシアとなったケーニヒスベルグ大学に移り、内科医との共同による研究を行った。

医療において各専門分野はそれぞれの組織が独立し、別個に治療や研究をする形式が近年まで連綿と続いてきた。最近ようやく、病気を総合的に診るには各科を隔てる垣根を低くし、専門領域の連携を重視すべきという綜合医療の考えが根付いた。だが、一世紀昔にあってミクリッチは、早くもこの試みを成功させている。

家庭にあっても次々と子供に恵まれ安定した頃、恩師のビルロートが同じドイツのブレスラウ大学主任外科教授に推挙してくれた。一八九〇年十月、四十歳であった。

ミクリッチが希望に充ちて着任後、初めに手がけたのは、先ず新しい外科病院の建設であり、殊に消毒の必要性が問われ始めた時代を迎え、それに適合する手術室を整えて新機軸の手術を行うこと、そして新しい優秀なスタッフを育成することであった。

ウイーンで花を咲かせたリンゴの樹は、当時ドイツ東部の大都会であったブレスラウで大きく枝を伸ばし、立派な果実を次々に実らせた。ここで死に至るまでの十五年間を、精力的に研究を重ね、多くの論文を書き、後世に名を残す外科医を数多く育て、新しい発想の手術を行い、しかも患者に優しく働いた。まるで限りある命を予感するような、凝縮された歳月であった。

ドイツ国内はいうに及ばず、現在では考えられないほど遠方であった米国やアジアからも、この輝かしい仕事を学ぶために訪れる外科医達は絶え間なかった。

私の祖父も東京大学でドイツ人教師に外科を学んだ後、本場の医学に憧れ一八九八年ベルリンにやってきた。そこに三、四十人も居た日本人医学留学生の情報で、ミクリッチこそドイツ一の外科医と聞き、ベルリンから南東へ三百キロのブレスラウへ、ひとり汽車に乗って向ったと、祖父の日記は物語る。

それから百年の歳月が過ぎた今年の春、夫がポーランドへ行こうという。夫と同じ外科を専門とするヴロツワフ大学の、ミクリッチから数えて四代目の教授が「ミクリッチが創った病院を見に来ませんか」と誘ってくれたからだ。ヴロツワフとはドイツ統治時代のブレスラウ、私にとって祖父の足跡を訪ねる旅ともなる。

こうして、二十世紀前半の絵葉書から抜け出たようなヴロツワフ市庁舎前広場に、私は佇む。祖父は身の丈五尺足らずというから、百五十センチそこそこで、明治の男としても小柄である。ここで祖父は、広場を囲む美しい石造りの家々や市庁舎、教会の塔を、身を反らせるように背伸びをして仰いだことであろう。

ミクリッチが創った外科病院へ向って私達は歩く。祖父も同じように、大小さまざまな教会から打たれる穏やかな鐘の音を耳にしながら、河に架かるいくつもの橋を渡り、ポプラが聳える広大な道幅の道路を、短いコンパスでせわしく横切ったに違いない。

この街は、第二次世界大戦の激しい戦闘で八十パーセントが破壊された。一九八九年に社会主義が崩壊して、ようやく街の修復が始まり、昔日の美しい都に甦りつつある。決して裕福とはいえないこの国では、耳目を集めるような超近代建築を建てる余裕がなかった。それが幸いして、復元された旧い石の建物が克明に歴史を物語る。個々の建物に近づくと、土台には無残な銃痕が今もって点々と見える。

「歴史は、私達の心にも、未だに深い傷跡を残しています」と、笑顔を絶やさず案内してくれる教授夫人が、にわかに優しい眉をきびしく曇らせる。

祖父は昔、ここで五年の間に二度の留学生活を送った。私はミクリッチの外科教室の玄関に、祖父に思いを添えて立つ。小ぢんまりとした赤レンガの病院は当時のままといわれ、入口で夫が「ほら、石段の真中がこんなに磨り減っている。時の流れが見えるようだねえ」と、足下を指差す。

アーチ型の天井の下で、祖父は身の丈の倍ほどもある高くて重いドアを、不安と、きっと強い決意をもって開いたことであろう。中に入り、吹き抜けホールの正面にある階段を、エレガントな葡萄の装飾がついた鋳物の手すりを撫でながら、ゆっくりと登る。

初めて教授室に呼び入れられた祖父は、壁に掛かる絵の中から自分を威嚇する大きなライオンに仰天した。だがその前に座って、遥か東洋からやってきた小さな留学生を見つめる白衣のミクリッチの眼差しは、労わりに充ちて優しかった。

許されて祖父は、翌日からこの外科病院に通うことになった。そして完成したばかりの、タイルを一面に張ったモダンな手術室で、当代一と噂される外科手術の一部始終を、毎回後方の踏み台にのって、師の手元を射るように見た。手術をする時、感染予防に手袋をつけたのはミクリッチが世界で最初であったが、その指先の小さな動きまで、全知全能を尽くして頭に記録した。

現在に残る手術室はほぼミクリッチが創ったままというが、今見ると随分狭い。最近二階に手術を見学できるようにガラス張りのギャラリーが増築された。その窓から、眼下の手術台を見下ろして、いつか写真で見たミクリッチの大きなマスクと足まで隠れる手術着姿、回りに立つロングスカートにエプロンのナース達、そして、一際小さな祖父の姿を、そこに再現してみる。

隣りで夫が「このオペ室で、ミクリッチは世界で初めて内視鏡を使って胃癌を診たのだなあ」と、絞り出すような声をあげた。

祖父は、幼い時から学んだドイツ語には自信があった。だが、ドカンと皿に盛られる肉料理や、食べなれないトマト料理は少なからず戸惑ったと思う。トイレの座は高くて脚が届かず、髭を剃るにも壁の鏡はどれもその位置が高過ぎて顔が映らず、さぞ不便だったことだろう。情報の少なかった当時、見るもの聞くもの全てに、大きな文化の隔たりを感じ当惑したことは想像に難くない。

或る時ミクリッチの自宅に招かれて瀟洒な椅子に腰を下す不安げな祖父に、鷹のような眼のミクリッチ夫人が、やおら「フェニキアのことを知ってますか」と、質問をした。ミクリッチは夫人を制し「そのようなことを東洋から来た者に聞くな」と小声で囁いた。だが世界史は、祖父が少年時代に学んだ得意科目で、持てる知識をとうとうと披露した。以来、ミクリッチ夫妻は一目も二目もおいてくれたと、うれしげに日記に書き残している。

研究室では与えられたテーマに取組み、同僚と共に国籍を越え共同研究やディスカッションを行い、精力的な日々を過した。やがて術者となって手術場に立つことを許され、師の視線を感じながら慎重にメスを操り、終って針と糸で皮膚を丁寧に閉じた。「君は、左手を右手と同じように使えるね」ミクリッチが呟く。それは外科医にとって、最高の褒め言葉であった。

二年の留学を終えた祖父は、教授室に暇を告げに行った。もう壁に掛かる絵のライオンは怖くなかった。ミクリッチは祖父に「君の仕事はまだ終っていない。どうしても今帰国せねばならないのか。どうだ、いっそ私の養子になってここに永住しないか」

肌の色の違う自分をそこまで重用してくれるのかと、祖父の膝頭と心が、がたがたと揺れた。だが父親が徳島市に新しく病院を開いて長男の帰りを、首を長くして待っている。

養子の話は丁寧に辞退したが、再びここに戻って必ず仕事を完成させると、固く約束をしたところ、ミクリッチは落胆の色を露わに、つと執務机に戻って無言でペンを動かし始めた。師の怒りを買ったかと不安げに立ち尽くす祖父の前に差し出された文面には、「証明書」とあった。

「この者はドイツにおいて研究・臨床ともに、目覚しい仕事を行い、日本においては医学を導くに相応しい人物である……」

帰国した祖父に故郷は期待したが、ミクリッチの言葉に従い医学教育に携わることを決意した。そして九州帝国大学の外科教授の席が約束された時、一年の猶予で再びブレスラウへと向った。

その間、ミクリッチはアメリカへ旅をし、間もなく夢に描いたベルリン大学の教授就任の話も持ち上がって順風満帆であった。だが体調が優れない。ウイーン大学でビルロートの後任となった、かつての同僚アイゼルスペルグがブレスラウへきて診てくれた。診断は皮肉にも、共に研究してきた胃癌で、直ぐさま手術がなされた。だが、最早手がつけられないほど進行していた。

再渡独した祖父が仕事を完成させた一九〇四年秋、再びミクリッチに別れを告げた時、師から往年の輝きも覇気も失せていた。教授室の扉をそっと閉め、廊下に出て天窓を通し頼りなく差し込む光を見上げる祖父の両眼から、涙が堰を切って流れ出た。

帰国して大学勤めを始めた祖父のもとに、ミクリッチの死亡通知と死亡記事の載った新聞が送られ、しばらく経って、息せき切って人生を駆け抜けた恩師の死の瞬間を写したマスクが届いた。

その後毎年晩秋になると、祖父の日記には「本日、ミクリッチ夫人にクリスマスの贈物を発送す」との、決り文句が記された。

ミクリッチは死の数年前、ブレスラウから七十キロほど南の山麓に別荘を建てた。そこで狩を楽しんだり、師ビルロートやその友人である大作曲家ブラームスなどと一緒に親しんだ音楽を、夫人とピアノで奏でながら余暇を過すはずであった。

夫と私を自分の車にのせ、四代目の教授が微笑みながら「大切な場所に行こう」と、菜の花の咲き乱れる平野を一時間半ほど走る。

やがて、ミクリッチの別荘の正面に立った私は、一瞬息を呑み立ち尽くす。白いドームと階段、脇に手すりのあるポーチ、祖父が引退後に建てた兵庫県芦屋の家の玄関が、そっくりそこにあった。祖父は憧れの師の仕事を生真面目に日本で継承し、家のコピーまで、誰にも告げずやっていたのであった。

村の『ミクリッチ記念病院』の裏に、広い墓苑がある。一番奥に進むと、フェンスに囲まれてミクリッチ夫妻が静かに眠っている。右隣りの墓石には、次女マリアとその夫である高弟カウシュの名が見られる。

第一次大戦後ドイツは敗れ国民は疲弊した。ベルリン大学の教授になった夫カウシュが逝き、幼い子供を残され途方にくれたマリアは、一大決心をしてペンをとった。

「好事家が父の手書きの原稿を求めています。でも知らない人の手に渡るより、もし、あなた様が保管して下されば、父も喜びましょう。実は社会情勢はきびしく、子供の教育資金に苦労をしています。事情をお汲み取り下されば幸甚です」

祖父はそんな内容の手紙と共に、確かに師の手による論文を、芦屋の家で受け取った。高名な学者の娘でも妻でもあるマリアが、さぞかし恥を忍んで綴ったであろう手紙の深意を理解するのに、時間はかからなかった。直ぐさまできる限りで送金した後、その手紙と原稿を丁寧に和紙で包み、上に由来を記録して保管した。

ミクリッチ夫妻の墓の左には、門下生のアンシュッツに嫁いだ長女が産み夭折した孫が、祖父母の側で永眠している。ミクリッチ夫人は晩年、この長女夫妻の介護を受け、北ドイツのキールで穏やかな余生を送った。祖父は後に、自分の長男、つまり私の父を、かつての同僚で人柄の良いアンシュツのもとに留学させた。父は未亡人にも娘夫妻にも、息子のように大切にされたと語っていた。

私達は市内で求めてきた花をそれぞれの墓に供え、ミクリッチの墓前で頭を垂れる。私はそっとポケットの懐中時計を握り締めた。それは祖父が昔日スイスで求めて愛用し、後に譲り受けた父が、第二次大戦中にも肌身離さなかったものである。その空襲によって、祖父は祖母を抱いたまま、防空壕で焼け死んだ。

ポケットの時計は、祖父の恩師の墓の前で一際大きな音をたて、百年を過ぎてなお、明日に向って時を刻んでいる。

『春秋』二〇〇二年一一月号

大河と活火山

悠然と四国を横切ってたゆたう流れは、吉野川三郎と称する全国有数の暴れ川である。徳島県美馬市穴吹町舞中島と脇町に設備された立派な堤防と、古人の知恵によって植えられた鬱蒼《うっそう》と茂る竹林が、数年に一度、猛り狂ったように逆巻いて溢れる河の水をせき止めている。

父方の祖父・三宅速《はやり》は、そこに一八六六年八代続く医家の長男として生まれた。故郷の吉野川さながらに、普段は全てをのみ込み悠然ともの静かな人柄が、嵐が巻き起こると一変し激しく反応した。

生後直ぐ実の母親が早逝し、迎えた継母は義理の息子の速を、幼いくせに目から鼻に抜けるようで可愛くないと疎ましがった。小さく痩せた体の速は、家では本だけ、外では野に咲く花と犬を友として幼少期を過す。

幕府の外国語通詞だった大叔父の三宅憲章《けんしょう》が明治維新で失業し、偶々《たまたま》東京からふらりと実家に戻ってみると、この家の内に吹く隙間風が気になった。

「速は、頭抜けて賢い。東京へ連れて行って新しい医学を学ばせようや。この子を私に任せてくれないか」との進言に、父親は扱いを持て余していた跡継ぎの医学教育が出来るとあって大喜びで、十分な教育費と生活費を用意し、憲章に託した。痩せた細い手に風呂敷包みひとつを持たされ、十二歳の速は、一度も振り返ることなく生れ故郷を後にした。

着いた先は東京築地の長屋で、憲章と妻イトとの三人の生活が始まった。徳島で渡された速の留学と生活の費用は潤沢で、就職活動を止めた憲章は医学教育コンサルタント専業となり、先ずはドイツ語から訓蒙学舎、東京外国語学校に入れ語学をみっちり鍛え、東京大学予備門そして東京帝国大学医学科のエリートコースを、最短十五年をめざし修了させるという軌道を敷く。

妻のイトはチャキチャキの江戸っ子で、率直な物言いとは異なり下町の情が全身にギュッと詰まった女性であった。速が医師になるまで「気を付けて行っといで」と送り出し「お帰りィ」の声で迎え、食卓には醬油の効いた関東味の温かい食事を並べた。生れ故郷阿波の淡口ではなく、イトの作るパンチの効いた味が、速生涯の母の味となる。

大学の卒業式当日に、総代として答辞を読む速の姿を、講堂の隅で身を寄せ合い目頭を押さえながら、憲章夫妻は紋服に威儀を正して見届け、一人前の医師誕生を確認した。

卒業後、徳島市内に父が用意した病院で外科手術を行い、若手を育成して五年が過る。風の便りに破傷風血清療法を発明した北里柴三郎や赤痢菌を発見した志賀潔の華やかな話、レントゲンがX線で診断する新方法を考案した等の情報を聞くと、速は焦りを感じ始めた。

「そうだドイツへ留学しよう」
「また留学か」と父はしぶしぶ認め、必ず戻って来るべく、速に錨を付けようと急きょ嫁探しに奔走し始めた。蜂須賀藩の学問所師範であった武士が、維新後に学習塾を開き細々暮らす内に妻が逝くと、三保という娘が家事をきり回し、二十五歳と適齢期を過ぎてはいるが、気立てが良く働きものとの評判を聞き付け、速の嫁にその娘を貰おうと、父は即座に決めた。

春にドイツ留学するための準備が忙しいという速、独り残る父親が心配という三保、二人の思惑などそっちのけで正月明けの小雪が舞う中、祝言を挙げた。瞬く間に妻となった三保の控えめで清楚な姿に、速は初めて真の家族を得た思いが重なり、焚火にあたったような温もりが、体の芯からほのぼのと沸き起る。

新婚生活の二月が経ち、速は何度も振り返りながら、三保だけを眼に捉え、遠くドイツへと旅立った。

船でおよそ五十日、ヨーロッパ大陸に着くと列車で数日かけ、一八九八年のベルリンに着く。医学のメッカには常時四～五十人もの日本の医学留学生が居て、本気で勉強しに来た者、単に箔を付けるだけに来た者も、一緒に留学記念の写真に納まる習わしがあって、速も二十三人の医学留学生と共に集合写真に入った。

自分と同じように小柄で、強い薩摩訛りの男が、いきなり速の肩に手を掛け撮影が終わった後、親し気に話しかけた。

これが母方の祖父の佐多愛彦《なるひこ》で、その生涯は郷土鹿児島のシンボル桜島に似ている。活火山は地底のマグマが常に沸々とたぎり続け、時として大噴火を起こすのだが、愛彦もまたその様に生きた。

「オイは病理学を学ぼうチ思うとドン、高名なウィルヒョウ教授は弟子が多すぎるし、高齢じゃっで、学ぶ所は少なか。これからフライブルグで、若か病理学者ン許に行っことにした」

殆どの留学生が憧れる世界に響く大教授にではなく、若手の教えを受けようという愛彦の着眼点と決断に、速は少なからず衝撃を受け、新進の外科医ミクリッチに教えを乞おうと決め、ブレスラウ、現在のポーランドのヴロツワフに向かい列車に乗った。

愛彦は速より五年若く、薩摩藩に仕え西郷隆盛の配下となった武士の四男として一八七一年に産まれたが、西南戦争で敗れた西郷ドンの自害に殉じて父親は腹を切り、大黒柱を失った一家は一気に貧しくなった。

子供の愛彦は家計を助けるには、近所の一際立派な生垣の屋敷を持つ医師の様に金持ちになろうと決意したのだが、金持ちになるため医者になるという幼い目標は、些か筋違いではあった。小学校を終え鹿児島医学校に進学したものの、ここでの勉強は何か飽き足らず、本当に医を学ぶにはもっと高みを目指さなければと気付き始めた。

二人の兄が陸軍に入り東京で生活し始めると、母親は鹿児島の武家屋敷を畳んで上京し、十九歳の愛彦を最高学府で学ばせようと決心した。しかし目指す東京大学医学部本科での必須ドイツ語を学ぶ機会がこれまでに無く、日本語で医学を学べる別課というコースもあるものの、何よりも一番のネックは高額な学費捻出である。代々の家を畳んで得た財産では足りず、それからの二年の歳月、悶々として愛彦はひたすらにドイツ語習得一筋に取り組み、進学の機会を待つ。

ある日、「東京大学医学部撰科生募集」と、単科でも学べる制度があることを知って、比較的地味な学科ならば志願者も少なく入り易いかと、病理学科に焦点を絞り、何が何でも赤門を潜りたい思いに溢れた。地下に潜んだマグマの様な願望は、有を産み出していくが、そこに至るまでの情熱と努力は並大抵ではなかった。

粗末な格子絣の着物に身を包んだ、キリッとした眉、すっきりと通った鼻、訴えるような力ある瞳を持つイケメンの写真がある。若い日の愛彦だが、人生で出会った様々な人を熱のこもったこの目でじっと見つめて、思いを貫徹しながら前進したに違いない。

病理学科で三年間「ナニクソ、負くっもんか」と、吸収できるものを総て呑み込んで勉強した結果、病理学科教授の三浦守治の目に止まり、本来撰科出身者では得られないポジションの、助手として取り立てて貰ったが、一年後その席は本科生に奪われた。同情した三浦は富山市立病院勤務や共立薬学校教師に推薦してくれた。にも係わらず愛彦は、三日にあげず「ここでは病理学の勉強が出来ません」と恩師に宛て手紙を書き続ける。このうるさい弟子を終生にわたり見捨てず、諫めたり励ましたり、後に仲人迄してくれた三浦を、愛彦は救いの神とあがめ続けた。

医師国家試験に合格すると大阪医学校の教諭に大抜擢され、自ら切り拓いてきたキャリアを一層積むべく二十六歳でドイツ留学を果たす。

ベルリンで三宅速に声を掛けた愛彦は南のフライブルグへ、速は東のブレスラウへ向い、それからの二人が生きる道を真逆に分けた。

愛彦は、留学先で専門の病理学はほどほどにドイツ語に磨きをかけ、薩摩訛りの日本語より流ちょうなドイツ語で、多くの日独の人々と広く交流しコネクションをしっかり構築して帰国した。

女性が「医」を学ぶ扉が閉ざされていた時代に、わが国で最初の女性だけの医学教育施設である産婆学校、紅杏塾を開いた桜井郁二郎の長女、静子と、ドイツから戻った愛彦は一八八〇年に、旧帝国ホテルで華燭《かしょくてん》の典を挙げた。

その後の愛彦は、医学視察旅行の途上、アメリカで総合大学、つまりユニバーシティを視て感動し、日本の医学教育も単なる学部だけの独立ではなく、より大きな医療の場を創って医師教育を行う「医育一元」と論文で主張し、大阪医学校から大阪大学医学部への発展に携わっていく。浪花魂の経済人たちの猛反対を押し切って商業都市大阪の中心地北区中之島に、医学教育と医療の場である巨大な病院を創ったが、一九六一年吹田市に大阪大学医学部が移転するまで、威容を誇った。

愛彦が医学者というより事業家、実業家ではないかと言われるのは、兵庫県芦屋市の山手に松風山荘と言う高級住宅地の開発や、大阪血清薬院を創立したり、その先を見る目で行った事業は広範囲に及ぶ事で分かる。

東京から嫁に来た初心な祖母の静子は、愛彦が昼間は大学や病院構築に情熱を傾けているが陽が落ちて毎夜のように移り香を付けて帰ってくる姿に、夫を取り巻く存在が家庭外にも複数いる事実を知った。愛彦の発展的な生き方は、明治、大正時代に活躍した政治家や事業家たちに似て、艶福な事実を伴って残る。

堂島のボテ張り洋館と揶揄《やゆ》された邸は空襲で全焼し、芦屋にある小さな持家で愛彦は今際《いまわ》の時を迎えた。愛彦の横たわる部屋には、地味な着物に隠し切れない雰囲気を放つ女性たち数人が涙を拭いながらベッドを取り囲んでいる。すぐ隣にある茶の間では静子が独り、空に目を遊ばせながら、座り続けて居た。

愛彦は、苦しそうな息の中から「バッサア、どげんする、どげんする」と、目で静子を追いながら何度も繰り返し、気ままな人生を閉じようとする今、子供の様に純な妻の静子が今後一人でどうやって生きて行くのかと、大きな思いを残して逝こうとしていた。

一方、ドイツ留学から戻った後の速は、愛彦に誘われて、大阪医学校外科教諭と成ったが再びドイツへ留学を終えると、九州大学医学部外科教授に落ち着いた。留学から持ち帰った膨大な専門書の山に取り囲まれ、新しい外科手術に取り組み、自らを誇張することなく医学教育学者として、家族を愛した生涯を閉じた。

二人の祖父たちの医師への道は大いに異なる。今は何事も無かったように、故郷の徳島と縁の芦屋に眠っているが、それぞれの形で近代医療の伝承と実践を行い、後世に、しっかりと遺して逝った。

二〇二一年一〇月

ダディさん、マミィさん

大阪市中央区瓦町に緒方洪庵が福澤諭吉などを育てた適塾の近くで、一九〇一年にわたしの父は生まれ、父親の医学博士号授与に因み「博」と名付けられた。

第一子誕生直後、祖父の速は二度目のドイツ留学へ旅立ち、祖母の三保と赤ん坊の博を徳島の実家に預けたが、留守中では博を医家九代目に育てようと張り切った親族が総出で、母親の手から取り上げ過剰な育児を行った。

二年後にドイツから戻った速が九州大学医学部外科教授に就任し、さっそく新任地の福岡へ徳島から三保と博を呼び寄せる。夢に見たわが息子とやっと会えたが、祖父の日記に「尋常一様ならざる腕白小僧」と特記するほど、母親の言う事を全く聞かない幼児が出来上がっていた。

速夫妻はその後、妹二人と弟一人を生したが、いずれも大人しい優等生なのに、長男の博だけ頭抜けたヤンチャで母親の三保は頭が痛い。近所の真っ白な塀に泥団子をぶつけ、隣家の大切な錦鯉を手製のパチンコで打ち、あまりの悪さにお仕置で暗い蔵に閉じ込めると、最初は泣き叫ぶ声が聞こえやがて静かになった。さすがに反省しているかと行ってみると、山積みにされた麻袋に指を突っ込んでは穴を開け、色とりどりの穀物が流れ出てくるのを楽しんでいる。

「お宅の坊ちゃんが、大名小学校の門に硯と筆を持たされて立っておらっしゃった」また「今日はバケツ持って立たされて……」と、聞かされた三保が速に訴えても、無言で叱ってくれない。

極め付けは博の中学受験失敗である。同僚の教授が「ウチの不出来な息子が修猷館中学に落ちた」と嘆くのを聞いて、速は自分の家だけでは無かったと密かに胸を撫で下ろす。ところがそれだけでは終わらないのが博で、同級だった子がピカピカの中学の制帽を見せびらかすのにムカつき、いきなりその帽子を取って川に投げ捨てるというオマケをつけた。夕方怒鳴り込んで来たその子の親に、博の頭を押さえてお辞儀させせながら弁償の金一封を渡し速が謝る。嵐が去った後、当の博には一言「悔しかったら、勉強しろ」と、短く静かに呟いた。

翌年やっと修猷館に合格した博は、屈託なく毎日楽しく過し、直ぐに沢山の友だちを作る。中でも特に気の合う吉村がある日、急に暗い顔で「俺は学校バ、やめなイカンごと成った」と言う。父親が急死し学費が続かないためと聞いた博は、家に帰ると玄関に正座したまま日暮れまで、速の帰りを待った。

「一番仲良くなった友だちが、学費が続かないので学校をやめるそうです。お父さん助けて下さい」

その時代に、世に出て成功者となった人たちは、社会への恩返しとして、優秀だが家の財政困難で進学出来ない学生を自宅に住まわせ、学費と生活両方の面倒をみる「書生」、すなわち私費による奨学制度があって、速も数人の書生を育てた。

博の初めてみる真剣な様子に、少し驚いた速は「会ってみるから家に来るように」と言う。面接の結果、吉村はこの家の書生となったが、速が厳かに博に申し渡した。

「明日からお前は書生たちと一緒の生活をする、いいな。朝は玄関を掃き清め、夜は家中のランプの笠を磨く、これがお前の仕事だ」

この日から博への締め付けは厳しく、キンピラゴボウが嫌いというと毎日弁当の中にキンピラゴボウが鎮座し、妹たちがちゃらちゃらと晴れ着で母親と出かけても、博は言い渡された仕事を終えなければ食事にあり付けない。だが博は吉村と一緒に暮らせることを喜んで、落ち込んだ様子は全くない。やがて高等学校進学の時に至り、ナンバースクールと呼ばれるエリート校でなく新設の佐賀高等学校を志願する博だが、成績優秀な吉村もハードルを下げて博と共にそこを選んだ。

合格通知を手にした博は、入浴中の速に向かって、叫ぶ。

「合格しましたッ」

チラリと視線を博に投じた速は「そうか」と言ってくるりと壁に向かい、手拭いで顔を撫でた。その一瞬、確かに速がニコッと笑ったのを見て、博は生れて初めて父親を身近に感じた。

佐賀での寮生活は吉村と共に、久留米絣と袴に朴歯《ほう》の下駄、旧制高校生のバンカラを絵に描いたような青春を満喫し「冬休みは寮に居られるだけ居て一緒に帰省しよう」とのんきだった。実家ではノーベル物理学賞受賞の大スター・アインシュタインが自宅訪問するという大騒ぎが起こっている事など露知らない。

一九二二年十二月二十五日にこの家の広間へ、本当にアインシュタイン夫妻を迎えた。そして、およそ一月半の日本滞在を終えた大スターは、世話になった人々に見送られ下関から満足の内に帰国の途に着いた。

博が速の書斎に呼ばれ、アインシュタインからの手紙を広げ「ここ」と指し示される。そこには「ご子息がやがて貴方の後を継がれるでありましょう」と、極めて分りやすい字で書かれていた。

大学進学の時を迎えた博が、吉村に「お前と同じ工学部に入って、大きな船を造りたい」と熱く語ると、暫く黙っていた吉村が口を開いた。

「お前は、何バ考えとるンじゃ。医学部サ行かんでどうするや。お父上に相済まんぞ」

九州帝国大学医学部に進学した博は、現職の教授である父との関係を知られたくなく、目立たず大人しい真面目な勉強の虫となり、黒縁の丸いメガネが似合う学生に変貌した。

卒業したら外科学を専攻したいと報告した時、速は博に向かい合うように座り直し、重たく、言葉を伝える。

「あらゆる書を読み、心を養え。そして恕して（心込めて）治療を為し、万が一、手当て空しく不幸の転帰をとられても、医療に心残されることなく逝かれる様、引導をわたせるような医者となりなさい」


わたしの母の和子は、佐多愛彦と静子の第三子として生まれたが、引っ込み思案の怖がり泣き虫で、積極的で華やかな姉の背中を何時も追いかけて成長した。

愛彦は長女を東大卒の秀才医師に嫁つがせ、次女の和子には畑違いの芸術家をと華やかな係累作りを夢見て、東京で見合いをさせる。和やかに席がお開きに成ろうとした時、愛彦が何時ものよく通る大声を張り上げた。音楽的才能を磨くには本場欧州への留学が必要と言った後に、母子家庭である先方の懐事情にずけずけと踏み込んだ上「ご安心なさい、新夫婦の経済支援は、総てわたしが……」と言った途端、相手の母親のプライドが木っ端微塵に砕け去り、この縁談は終わった。

相手男性がチラリと和子を見る視線に、心を射抜かれてしまった和子は、家に帰って「もう誰とも結婚なんかしない、わたしは尼寺へ行く」と宣言する。大人しいはずの娘が思い掛けなくきっぱりと言うので愛彦は慌てふためき、総力挙げ何とか家に留まらせて一年が過ぎ、ようやくほとぼりが冷めた頃、知人がもたらした縁談に愛彦は飛びついた。

九州まで首に縄を付けるようにして引っ張って行かれた和子は、田舎っぽく冴えない博と、博多で初めて会う。その席では、愛彦と速が本人達をそっち退けで、若い時に共に過ごしたドイツ留学や大阪医学校時代の話で大盛り上がりし、見合いの席はさながらクラス会となっていた。

プウっとふくれる和子に、相手の博が突然質問を投げかける。

「趣味は何ですか」

「音楽とテニスです」和子は、大阪府立大手前高等女学校で選手であったテニス部の威信をかけて答える。博が重ねて聞いた。

「テニスは、硬式ですか」和子が小さな声で「軟式です」と答えた瞬間、博は「僕は硬式です」と思い掛けない強烈なスマッシュを放ち、ニッコリと無邪気に笑った。

その夜の宿で母として静子が、和子に言う。

「あの人は、良い人よ。安心してお嫁に行きなさい。あの笑顔は、きっとあなたを裏切らないと、私は思うわよ」

和子に話しながら遠くを見つめる静子の眼は、これまで夫によって生じた様々な胸の痛みを娘にはさせたくないという、確固とした決意を秘めていた。

一九二七年四月六日に福岡ではなく、大阪において、複数のドイツ人も交えた二五〇人の花嫁側招待客と、僅か五十人を花婿側が招いて婚礼が執り行われ、新婚旅行は奈良ホテルと、総てが愛彦の企画で捗った。

初めて共に過ごす新婚の甘いはずの時間に、自分は子供の頃より母親に疎まれながら育ち母の愛を知らないと、博が話す。それを聞いて、和子のそれまで眠っていた母性本能が猛然と爆発し、博ばかりか、周りの皆を篤く想う人として一生を過した。

嫁いでみると姑の三保は、これまで和子が実家で教えられなかったお勝手仕事も針仕事も、手取り足取りやさしく教え、博が話したような冷たい母親では全くなく、夫がとんでもない思い違いをしているのではないかと思う。

大阪の和子の実家で、愛彦の信頼する産科医と助産婦を呼んで万全を期した初産が行われた。陣痛微弱で二日かかりの難産であったが、無事に男児の誕生に漕ぎつけた。

三宅家の跡継ぎ誕生とあって、速は大急ぎで愛彦の屋敷に駆け付けた。柳行李の中に真綿に包まれて力ない泣き声を上げる小さくて痩せた男の子の枕元には、あの愛彦独特の力強い字で、「命名 進」と書かれた紙が貼られている。速は絶句し、「一体、何処の家の初孫と思って居るのだ」と、鼻から強く息を吐き出しながら帰途についた。

進は未熟児で虚弱であったが、母親が思い描く理想に沿い、福岡でも長崎でも師範付属小学校を受験させ、習い事に、あの見合いが未だにチラつくのか、バイオリンも習わせた。何事も従順で素直にいう事をよくきくわが子を見ながら、博は時折「母親から大切に可愛がられて、いいなあ、進は」とかなり真剣に呟く。

妻子を速の住む芦屋に預け、博が北ドイツの軍港の街、キール大学外科に留学した。猛烈な寒さとこれまで学んだドイツ語が全く通じない上、臨床の外科手術に入れて貰えず三年間を研究室で過す。研究助手の体格の良い女性たちは、微笑みを絶えさない小さな日本人外科医を、迷い込んできた子犬の面倒をみるように大切にしてくれたが、主任から「ドクトル、どうしてそうため息ばかりつくの。その度に幸せが逃げていくわよ」と何度も言われた。

帰国した博を待っていた様に、主任教授から長崎医科大学（現長崎大学医学部）第一外科へ赴任するよう命令が下る。この大学の教授に代々東京帝国大学出身者が多く、三十七才で教授となった九州帝国大学出身の博は、孤立して辛い毎日の真っただ中にあった。

一九三九年十月十日、一輪の真っ白な花の鉢を重そうに抱えて、小林産婦人科病院院長が病棟の廊下を急ぎ、病室の名札を確かめてドアを開く。

「無事にご出産おめでとうございます。これは咲いてる時間が短い月下美人という花で、お宅のお嬢ちゃんが産まれたその時刻に、こんな見事に開いたから、見せよう思うてね。この赤ちゃんはこの花のごとく美しくなられますよ」

夕方、病室に顔を出した博は赤ん坊のわたしを見て「何だ、女か」と呟いたのを、和子は確かに耳にした。十年ぶりに初めてきょうだいを得た兄の進が喜んではしゃぐのを見て、両親は気を取り直し、十と数字が重なるこの日に因んで「壽」、院長の言葉を信じて祈ることにして「美」の字を重ね、壽美子と名付ける。

その頃日本中は、何やら騒然としてキナ臭くなり、長崎港のドックには大きな囲いができて巨大な軍艦が造られていると、噂になっている。そして一九四一年十二月八日、真珠湾攻撃をもって日本は最悪の戦渦に突入した。

また急に、父が今度は岡山大学医学部へ転勤をするように母校から言われ、焼立てのカステラや蒸し寿司に未練を残す母は仕方なく、家で働いていてくれたお手伝いを郷里に帰し、岡山への引っ越し準備を始めた。

欧米との戦争がはじまると、兄とわたしは大いに困った事が生じる。わたしたちは父を「ダディ」母を「マミィ」と、敵国の言葉で呼んで育ったからだ。

母は子供など出来る前、結婚する前から、義兄の留学に伴って姉の英国滞在中に産まれた子供たちが「ダディ、マミィ」というのを聞いて、自分の子供にも絶対にそう呼ばせようと決めた。

兄のことは知らないが少なくともわたしは、友人たちとは異なる親への呼び掛けを恥ずかしく思い、物心ついて以来、人前では両親に呼びかけ無いよう気を使い、母の決意を恨めしくも思う時期もあった。

岡山では、兄は岡山第一中学に入学したものの学校ではなく戦闘帽と脚にゲートルを巻いて軍需工場へ通い、わたしは空襲や警戒警報のサイレンが鳴れば母が迎えに飛んで来られる家の裏の幼稚園に通う。

政府は「一億総火の玉、鬼畜米英」「欲しがりません、勝つまでは」「贅沢は敵」というプロパガンダで市井の人々を縛り、毎日のように隣組から命令に等しい内容の回覧板が来る。「お国の為に指輪など貴金属の供出を」と回覧が来て和子は迷わず結婚指輪を左薬指から抜いて供出したが、博に「バカだなあ、誰もそんなに大切なもの供出しないよ」と言われた。

その後の隣組の催しの慣れない田植えやバケツリレーで疲れが出てしまい、高熱を発し腎盂炎と診断された母が、抗生物質が世界に現われてない時代、治療法としては安静にして回復を待つだけの為に入院した。

わたしが生まれた日「何だ、女か」と呟いた父が、ひとりで幼いわたしをみなければならなくなった。出勤時に自転車に乗せ病室に連れて行き、帰りに再び連れて帰って食事、入浴、着替えの世話をする。添い寝して子守歌のつもりか奇妙なメロディをつけて「昔々、ヒツジさんとオオカミさんが居りました……」と歌ってくれるが、次には大鼾《おおいびき》が取って代わり、わたしはますます目が冴えた。

日曜日に近郊の森にわたしの手を引いて出かけ、大切な動力であった牛の落とし物が、そこここにあった。

「大きいだろう、これは天狗さんのウンチだぞ。『抱っこ』とばっかり言ってると、天狗さんが出てくる」と父が脅迫し、森の中の祠ではわたしに手を合わさせ、「もう、ワマガマ（我が儘）言いません」とお参りするように促した。父のことを「ロマンチックじゃ無い」と母は嘆くが、植物の名前や空の星、イソップやグリム童話などを初めてわたしの頭に届けてくれたのは、外ならぬ父であった。

あの一九四五年六月二十九日未明の最悪な空襲という出来事が、五歳のわたしの五感にしっかりと刻まれ、百年の大半を過ぎた現在でも、鮮明によみがえる。


それから七十年余が過ぎ去り、雨と降る爆弾からわたしを守って逃れた十六歳年長の従兄が、不治の病で病床にあるという連絡を受けた。「命の恩人に会って来い」という夫の言葉に促され、関西の病院に駆け付ける。

「ぼく、もう直ぐ神様の許に行くんだよ。だから、最後に君を、ハグしてもいいかい」

静脈の浮き立つ二つの腕を私の方に差し伸べると、病室の隅で妻である義従姉が頷いた。従兄の胸はあの空襲の時の様に頼もしさもなく、薄くて弱々しい。

母が急逝したのは、大好きな木犀がもう直ぐ開く秋で、八十路の父が九州の同窓会の旅に出た時であった。独りで逝った母を看取れない口惜しさに、父は俯《うつむ》いて歯を食いしばりながら耐える。通夜の席に突然、ステッキに縋りながら娘に介助される背の高い紳士が現われた。顔を上げてふと視線をそちらに移した父が、ひょろりと立ち上がり、いきなり号泣して、その人に抱きつく。父の背中を、駄々っ子をなだめる様に筋張った手で軽く叩きながら「かわいそうになあ、かわいそうになあ」と繰り返す人は、速の家で、高等学校で、一つ釜の飯を食べた、あの吉村であった。
定年後に両親は西宮で、兄一家と階を分けて一軒の家に同居し、何かにつけて「マミィさん」と呼んで子供のように甘え頼っていた「ダディさん」は、緩衝材を失って孤立し、兄との父子関係がぎくしゃくとした。だが、父の葬儀席で参列者に挨拶をする兄が、突然絶句し、言葉が繋げなくなった。その大粒の涙によって、底抜けに明るい父のふと見せる寂寥を心配していた参列者は、全ては洗い流されたと、安堵した。

二〇二一年一〇月

外科医がメスを置く時

書斎の手文庫にいれておいた紫紺の風呂敷包みを抱いて、三宅速は二階への階段をゆっくりと登る。元日を待って、洋間においたペチカには、火が赤々と入っている。包みをテーブルに置いて窓際に立ち、はるか彼方の港に向って目を細めた。正月の神戸港沖には、大きな船が錨を下している。あのような客船で、速が医学を学ぶため渡欧したのは明治の初めで何十年も前だ。ベルリンやブレスラウの街並みも、今では遠いものとなってしまった。

老眼をかけ直して風呂敷を解く。木綿布と油紙で丁寧に包まれた手術用のメスや鋏が、ペチカの火をきらりと反射した。ドイツから大切に持ちかえったこれらの器具は、大学病院の手術室において幾人の命を救っただろうか。

数年前に右目が白内障を起していることに気づいて、メスを置く潮時を考えた。そして昨年三月大学を辞め、ここ芦屋に蟄居した。いま手許のメスに一点の翳りもないのを確認し、手術するのを止めた判断が正しかったことに、速は満足する。

手術の名人と囃された速が何故唐突にメスを置くのか、門弟や周囲の人々は理解に苦しんだ。その時代は抗生物質と称される化学療法もなく、麻酔も消毒も充分とはいえず、外科手術はいつも感染にさらされた非常に危険な治療法であった。これを成功させるには、ただただメスの力、つまり外科医の腕前如何によったのである。

メスの怖さを一番知っていたのは、速自身であろう。その寸分の狂いが人の命にかかわる。自分の体力の衰えによって、人を病から救うメス本来の目的が達せず、かえって患者の命を縮めることにもなりかねない。長年勤めた九州帝国大学を去ると同時に、きっちりとメスを置こう。それが速の美学であった。

新しい芦屋の家に移ってから、ただ一度だけメスを使ったことがある。長男の博がドイツに留学し、その留守中に博の妻の指がヒョウソになった。速は引退以来初めて禁断の包みを開けた。手鍋に湯をぐらぐら沸かしてメスを消毒する。患部を切開した後、自宅にはもとより看護師や助手は居る筈はなく、自ら傷口を消毒し包帯を巻いてやった。終わったところで蒼白になっている嫁の顔を覗き、にっこりと微笑む。むかし大きな手術が終わったあと、麻酔の覚めた患者にもこの笑みを見せたのだろうか。速の微笑によって、不思議なことに博の妻は、指先から痛みが消えたように思えた。

長男の博もまた、父と同じ外科医の道を歩いた。博が岡山大学の外科に勤めている頃、第二次世界大戦の米軍による空襲が日本中の都市を火の海とした。

年寄だけの生活を心配した博が、芦屋から両親を岡山へ移した。しかし親孝行がかえって仇になり、梅雨の晴れ間に岡山市内に飛来したＢ２９は無数の焼夷弾を投下した。そして、人を病から助けることを天職とした老人をも容赦せず、防空壕の中に追い詰めて、命まで奪った。

ちょうどその頃、速の創った九州の外科教室では、日本陸軍の命令で捕虜の米兵を生体解剖したという未曾有のスキャンダルが起っていたが、創始者の速は知る由もなく逝った。

戦後、事件にゆれる外科教室を再興するため、息子の博が請われて九州大学に戻ることになった。父の外科医としての像は大きく、就任当時は親の七光りでといわれた。その分、歯を食いしばって頑張らなければならなかった。

急患が入ると、戦後はタクシーもないため真夜中に自転車を漕いで駆けつけ、まずは託された命を救おうと自分のもてる限りの力を提供した。

教室での博は、鬼のように恐かったそうだ。一緒に手術をする助手の手際が悪いと叱声を飛ばし、手術中に切り口を開く鈎を引く手が邪魔だとメスの背でぶつ。病棟の回診では、患者の状態と今後の治療方針を主治医がどの位把握しているかを、言葉鋭く切り込んだ。

一方看護師や技師、事務職には限りなくやさしく、病院玄関の下足番は、早朝出勤する博がソフト帽を取り丁寧にお辞儀をしてくれるのを、誇りにした。忙しくても看護師の集会には欠かさず顔を出し、技師の仕事を重んじて、彼らあっての医学研究と一目も二目もおいた。

職務が終ると博は人が変る。教室の和をはかるために自ら声をかけて造ったテニスコートに嬉々として飛び出し、皆を誘って白球を打つ。医療現場で博にやられた教室員には、コートが仕返しをする格好の場となった。皆がむきになるのが面白いと博は子供のようにはしゃぎ、見物する看護師や患者が何時も明るい笑い声を上げていた。

定年後しばらく福岡市の病院に勤めてメスをふるっていたが、古希を迎える頃、父と同じ関西に終《つい》の家をもち移り住んだ。その頃「おじい様は六十でメスを置いたのだから、もう手術は止めて」と、家族ならではの声がかけられた。

博にしてみれば「俺は白内障でもないし、オヤジより遥かに健康」と自信があった。だが「万が一にも事故が起きたら、今までの蓄積は水の泡」という身内の声も、もっともである。こうして父よりも十年遅れて大好きなメスを置いた。

博には娘が一人いる。

病院から電話がかかると家族を放ったらかしにして患者の所に駆けつける外科医などには、決して嫁に行かないと日頃豪語していたが、縁あって外科医比企能樹の女房となった。

案の定、新婚旅行から帰って出勤したきり、能樹は一週間も帰ってこなかった。電話もない小さなアパートの一室で、新妻は心をこめた手料理を毎夕用意して待ち続けた。陽が落ちる頃、近所にあった能樹の実家から弟が、「患者さんの容態が悪いから帰れないって、お兄ちゃんから電話がありました」と自転車で伝言を運び、新夫のための晩餐を「旨い、旨い」と片付けて帰る。

「患者さんの容態」は、外科医にとって大義名分である。外科医の娘であるが故に「それは仕方がない」と、納得して待ち続けたが、さすがに七日目あたりには「そんなに悪い容態なら、もう亡くなりそうなもの」と、神をも畏れぬ想像をしてしまい、はっと頭を強く振る。能樹はこの時「命よ消えるな」と、眠い目と痺れた腕をこすりながら、人工呼吸器のない時代、患者のために酸素バッグを押し続けていたのだ。

消毒法が目覚しく発展し、消毒薬の強い臭いによって「今日は手術をしてきた」と、家族に分かる時代はもはや過ぎた。だが、手術のうまくいった日、そうでない日は、暗黙の内に妻には分かる。私生活を全て犠牲にしてどんなに努力を重ねたところで、その甲斐もなく患者が亡くなると魂の抜けたようになって帰宅する。

休日もなく、早朝家を出て深夜に帰宅する生活でも、能樹には家庭が憩いの場であった。

ある日、久しぶりに父親の顔を見たわが息子が、回らぬ舌で「パパ、今度いつ来るの」と尋ねた。これにはさすがに参って、翌日に医局でこの一件を披露した。それを受けて先輩が「お前なんかまだ『パパ』と認識されるだけいい。俺なんか『このオジチャン誰ぁれ』だもんな」と、お互いの因果な商売を嘆き合う。

能樹はお腹の外科を専門とする。ある時舅の博の顔つきをみて、ギョッとした。もしやと思って調べると、仕事上の勘が当たり早期胃癌であった。成り行き上、舅にメスを揮うことになった。博の九州大学時代の教え子の、錚々たる外科医達が目を皿にして見守る中、汗びっしょりで癌のあった胃袋三分の二を摘出した。当の博はその後十年、九十一歳で亡くなるまで、全国各地を気楽に旅しながら孫に負けない食欲を発揮して生きた。

能樹が、博の老いても衰えない学問への興味に意気を感じて、あるとき内視鏡学の最先端技術を家のビデオで見せた。

近年では、お腹をメスで開いて病根を取る手術に加え、内視鏡を腹部に入れて操作し、病巣を切り取ることもできるようになった。メス自体も時代と共に形を変え、現代では電気メスや更にレーザー光線なども使う。医術は日進月歩止まるところを知らない。

このビデオは、腹腔鏡による胆石症手術の画像であった。色鮮やかなテレビ画面に、三つの小さな穴を穿たれた患者のお腹が見え、その穴からずるずると石の入った胆嚢が外に引きずり出される様子が克明に映る。二十年前まで胆石症手術で名を馳せていた博は、茫然とした。

「遂にこんなことのできる世の中になったか。私がやって来たメスのための修行は、要らなくなるのだろうか」と、ビデオを終った後の画面を、繰り返し呟きながら凝視し続ける。

だが、どんなに内視鏡による手術が発達しても、今までの手術方法がなくなるはずはないと能樹はいう。

歳月が流れ、能樹が開設以来勤めた大学を定年退職する時が来た。

ここ三、四年管理職に徹し、自らメスを握ることはほとんどなくなったが、自分が手を取って教えた人々が、今や立派な外科医となり自分を超えたことに満足していた。

間もなく職場を去ろうとしていたある日、その内の一人が「今日の手術につきあって下さい」と、能樹に申し入れた。上出来のところを見せたいのかなと思いつつ、いわれるままに手術室に入った。

手をブラシでごしごしと洗っていると、こちらに向ってビデオカメラが廻っている。「おいおい、なんだよ」と笑いながら、手術台に向う。ぐるりと周りを取り囲んだ人々の真中で「先生、ハイ」とメスを渡された。

首謀者のヒゲが「大腸の全剔手術をやってもらいます」という。久しぶりにメインの術者をつとめる能樹の背中に、緊張の汗が流れた。腹部に定石通りのメスを入れると、その後は「先生、そこ切って、それ取って、そこ結んで」と次々にヒゲがいう。昔、自分が教えた通りを言ってやがると、能樹はマスクの下で微笑んだ。あっという間に手術は上々の首尾で終った。

糸を結ぶ段になって、後ろの方の若いギャラリーに「いいか、よく見てろ。外科の糸結びはこうやってやるんだ」と能樹がいうと、ヒゲが「あー、先生のそれが聞きたかったんだ」と大声を放った。

マスクを取り、ゴム手袋をはずすと一斉にフラッシュが光る。看護師や助手が抱えきれない花束をくれる。皆が次々に能樹を囲んで記念撮影に加わった。全てが一本のビデオに収められ、餞別として定年退職の日に能樹に贈られた。

『ザ・ラスト・オペレーション』と名付けられたビデオを、能樹は退任後しばらく後に、妻とふたり茶の間で見た。「あいつら、粋なことをしやがる」と、江戸っ子の能樹はテレながら画面を見ていた。

笑顔と拍手に送られ、手術室から出て行く自分の後ろ姿が映った後、皆の顔が涙でゆがむのが映る。そしてタバコを咥え、天井を向いてぽろぽろと涙をこぼすヒゲの顔がクローズアップされた。その後、どんな展開でそのビデオが終ったのか、あわてて洗面所に駆け込んだ能樹には、確認できていない。

’01年版ベストエッセイ集『母のキャラメル』文藝春秋

先生が居ない医者の家

こめかみを指で揉むように押さえて、柱時計を見る。今日も夫の帰りは遅い。だが帰ってきても、妻の頭痛には気がつかないだろう。

よく他人は「お宅は先生がいらっしゃるから、健康の問題は安心ですね」というが、とんでもないと和子はいう。

確かに、父に佐多愛彦、舅に三宅速という当時医学者として著名な身内をもち、夫の三宅博もまた、外科を専門とする大学教授として、活躍中であった。ところが一般の人が考えるのとは違い、彼等はみんな、家ではただの夫であり、父である。

家族の病気にはおろおろと取り乱し、もしくは極端に見て見ぬ振りで「そんなに具合悪いなら、誰か良い先生のところへ行って診てもらえ」という。どちらかというと父と舅は前者の過剰心配型、夫の博は典型的な後者の責任転嫁型であろう。

いずれにしても、家族を診ようとはしない。その理由を詮索すれば、彼等の勤務先が大学病院という場所がら、極端に難しい病状の患者が集まり、それを診るのが仕事なので、家族が仮に普通の風邪であっても死病ではあるまいかと、身内であるが故に一層悪い方に考え、必要以上の心配をする。早い話が自分で診るのが怖いのである。

時計が深夜十一時を回る頃、博が例によって消毒薬のにおいを振りまき帰宅した。遅い夜飯をがつがつと掻き込みながら、新聞に目を通している。食後のお茶を啜り、和子を見てふと「不機嫌だネエ」と珍しく言う。今日は手術が余程巧くいったのか、明日の休みにテニスの相手が見つかったかに違いない。普段妻の機嫌を窺う博ではなく、その無関心が、和子の不満の根源でもあった。

「頭が割れそうに痛いの」という和子に「カラスの鳴かん日はあっても、あんたの頭が痛まない日はないいね」と、笑いながら寝室に向かう夫の背を、恨みがましく睨んだ。

仕方なく薬箱を開けるのだが、この家の薬のストックは、一般家庭の水準から遥かに落ち、市販の風邪薬と頭痛薬、大豆ほどの大きさに丸められた綿球が一杯入ったヨードチンキと赤チンの瓶、虫下しのサントニンが鎮座しているだけである。素人の家と違うのは、数本の少し錆びた手術用のはさみやピンセットぐらいだろうか。

和子は頭痛薬を一包口に含み、出涸らしした番茶でのみ干した。

思い返せば、未だ小学校の高学年だった一人娘が、やたらに横になるのを見て「女の子の癖にお行儀が悪い。体でもおかしいのかしら」と不安になったことがあった。体がだるいといっては学校を休み、食が細いのも気になって、ある日博に相談した。だが、「熱がないなら大丈夫だろう。心配なら小児科に診てもらいなさい」と例のごとく言うだけだった。

この娘が中学に入学後、担任から親展と書かれた封筒に入った身体検査の結果を渡され、帰宅した。広げてみると「結核の疑いがある為、精密検査の必要あり」という字が和子の目に飛び込んだ。

むかし和子が嫁いだ時、博の末弟は中学生であった。博と違って、花を愛で、音楽を愛する繊細な子と和子は趣味が共通し、ともに語らい、大いに親しんだ。だが二年後、その弟が胸を病み、あっという間に逝ってしまったのであった。

今日娘の持って帰った書類に、義弟を奪ったあの病名が明記されている。和子は、戦時中に空襲を受けて逃げ惑った時以来の恐怖で、腰が抜けた。

玄関で靴を脱がない内に、和子に件の書類を渡された博も、さすがに驚く。だが、着替えて茶の間に座る頃には、集団検診の小さなX線写真で、もしかして何かゴミでも写っているのを病変と診違えたのではあるまいかと、生来の前向き思考に切り替えようと努力をしていた。それに昔と違って、今や結核は死病ではなく、治療すれば治る。つまりその頃すでに、ストレプトマイシンをはじめ抗生物質と称される薬の発見で、様々な感染症が克服されるような時代を迎えていることを熟知する博は、医学者としての今回の出来事を、和子よりも冷静に受け止めたのは確かである。

だが床に横たわると博の胸に不安が圧しかかり、翌朝早く同僚の内科教授の診察を、自ら付き添って受けさせた。結果は、集団検診の威力は見上げたもので、正しく胸に結核の影があり、しかもかなりの古傷もみられるという。つまり大分前から、娘が結核に感染していたということである。これは、全くもって自分の責任と、博は心が痛む。

「入院させるかい」と聞かれたが、少し考えた後、断った。戦後直ぐの未だ食糧事情のよくないこの時期に、官立の病院の給食が如何なるものか、そこに勤める博が一番よくわかっている。この病気は出来る限りの栄養をつけることが何よりの薬であるからと、娘を家において滋養のあるものを与え、免疫のある自分と和子でできる限りの治療をしようと決めた。

和子は食の細い娘に腕を振るって料理をし、娘の世話をする専門のお手伝いを雇い、博は出勤前と帰宅後、結核の特効薬であるストレプトマイシンをせっせと注射した。夫婦の努力が効を奏して、娘は半年後にはどうやら午前中だけでも学校に行けるほど快復したのであった。

隣に博の寝息を聞きながら、和子はもう一人の子供の病気のことも思い出す。

娘がすっかり元気になった頃、関西の大学に進学していた長男を、博は学会で上京した帰りに、旨いものでも食わせてやろうと、大阪の街に呼び出した。やってきたのは青い顔をして苦悶しながら脂汗を流す息子であった。博は昨夜からの様子を聞き「痛い」という所を触ると、即座に虫垂突起炎、即ち盲腸炎だと診断した。消化器の外科の手術は「盲腸に始まり、盲腸に終わる」といわれるそうだ。つまりもっとも簡単そうで、一旦こじれると大変な事態になり、手術も難しいという。

幸い息子の盲腸は、言わば切り頃を迎えていた。博はすぐさま息子を伴って福岡に帰り、その足で大学病院に入院させた。和子は博の対応の速さに驚き、慌しく入院の支度をしながら「よく盲腸ってわかったわね」というと、博は「馬鹿にするな、おれは外科医なんだ。おれを信じてないのはアンタだけだ」と苦笑いを返した。

息子は入院すると、週明け早々に手術と決まった。術者を決める役目の医局長は、教授の一人息子の執刀者を助教授として、翌朝博に報告した。

ところが博は、かんかんに怒って「大体この程度の虫垂炎は、受持ちが切ることになっているはずだ。どうして助教授が執刀しなければならないのだ」という。

恐る恐る「実は息子さんの主治医は、先月卒業して外科に入局し、未だメスをもったことがないのです」と医局長が答える。

「じゃあ、私の子供でなく、一般の患者さんならどうする。それも新米だからと言って手術させないのか。それでは、その主治医は一生切れないではないか。外科医は、いつかは誰かを、初めて切るのだ。それがたまたま私の息子で、何が悪い」

気の毒だったのはその主治医だった。当日、手術室で心配そうな数多くのギャラリーに囲まれ、必要以上に緊張して、初めてのメスを振るう運命に至ったのである。

その結果、無事虫垂炎が摘出されたが、手術後に再び化膿したら大変と、教科書で教えられたのより大き目に切り開き念入りに掃除をしたため、息子の右腹には派手な思い出が残った。

和子は思い出しては転々と、寝苦しかった。

大学病院というところは治療ばかりでなく研究を行う。そして日頃の成果を持ち寄って互いに発表し合い、検討論議する場が、いわゆる学会である。その開催は国内ばかりか、今や国際的になった。

博も頻繁に研究会や学会で家を空ける。その留守を狙う訳では決してないのだが、和子の病状はいつも博の留守中に悪くなり、大騒ぎになる。

次の博の学会はアメリカであった。娘も大学に進学して上京していたし、体の弱い和子を一月も一人で置くのは心配と、博は医局の若いところに、夜わが家で当直してくれまいかと頼んだ。その結果、三人の先生達が交代で留守番をしてくれることになった。

案の定、またも博の留守の夕食後、和子が腹痛で七転八倒し、脂汗を垂らして苦しんだ。お手伝いの女の子が、帰宅した先生の一人に、泣き声で和子の様子を訴えた。本人の和子によると、この痛みはかなり以前から博の留守のたびごとに起こり、どうも最近ではその頻度が増えていると言う。その都度《つど》、帰宅した博が「虫下しをしろ」と指示し、サントニンを服用してきたが、どうも虫は出ないとのことであった。

先生は、与えられた二階の部屋で医学書をひもとき、和子の症状を冷静に分析した結果、どうやら恩師が見逃している様子に恐れをなし、自分の診断が間違っていますようにと祈る。そしてこればかりは、上司に相談しなければと慌てて和子の家を飛び出した。

お手伝いから、先生が散歩に出掛けたと聞いた和子は「外科医は全く頼りにならない」と思いながら苦しんでいる。

まもなく近所に住む、医局の先輩の偉い先生を伴って、先生が帰って来た。和子の寝ている部屋の隅に四角く座る。

博の門弟の一人で物静かな学者である先生は、もう一度症状の起こった様子を詳しく聞きとり、簡単な診察をして、おもむろに用意された洗面器で手を洗った。博が全幅の信頼を寄せるこの先生は、苦虫を噛み潰したような顔で厳かに和子に告げた。

「奥様、申し上げにくいが、これは恐らく胆石症と思われます」

和子が今苦しんでいる病気が、なんと夫が親子二代にわたって研究してきた胆石症であることを、初めて知らされて驚いた。その上、今までに何度か起こった腹痛も、恐らく胆石によるものと、言いにくそうに付加えられたのである。

今しも米国で、胆石症について、堂々と講演している博の姿が和子の頭をよぎり、腹痛のたびに虫下しを処方してきた夫は一体何者であろうと思う。

帰国して報告を受けた博の表情は、悲惨であった。

「灯台下暗し」「紺屋の白袴」「医者の不養生」これらの言葉が、全て自分に降ってかかることは間違いない。検査によっても正しく胆石症で、昭和三十年代の当時には、手術以外に和子の宿痾《しゅくあ》を取り除く方法がないことは、自らの長年の研究結果を踏まえて明らかである。

その後、和子の手術が行われることになった。

「今度は誰が奥さんを、切るとやろか」と、医局は戦々兢々《きょうきょう》である。これに答えて博が言う。

「私が手術します。もう黄疸も出ているし、かなりひどく、手術も難しい。今度ばかりは自分で始末をつけないと、私はお家の看板を下ろさねばならんからね」

日ごろ博が挙げている評判通りの、さすがに鮮やかな手術であったという。和子を悩ませてきた激痛は、砂のような粒の胆石が一個でも胆道に入ると、そのたびごとに起こるというから、原因の全てを胆のうごと丁寧に取り除いた今、もう二度と苦しまないであろう。

博が伝家の宝刀で、和子のお腹から取り出した石の数は「幾つあったか」と、助手に尋ねた。

「えー、三六六個ありました」

博は、ふーっと息をはく。


'00年版ベストエッセイ集『日本語のこころ』文藝春秋

アインシュタインの墓碑銘——医学者三宅速のこと

老人が、自転車でおぼつかなげに行く。やがて、徳島県穴吹町にある光泉寺の緑の中に乗り入れ、境内の大きな墓石の前で今日もまた手を合わせる。

こんな夢を見た博は、大学の教授を三十余年も前に定年退職し、いま関西で静かな老後を過ごしている。この夢の中の人物が、自分自身かどうか判然としないまま、博はぼんやりと天井を眺めた。この前その墓に参ったのは、十年ほども前だっただろうか。

寺の墓石としては珍しく、そこには横文字でドイツ語の碑銘が刻まれている。「ここに三宅速博士と夫人三保がねむる。ふたりは人々の幸せのために働き、ふたりは人々の迷いの犠牲となり世を去った」という内容で、最後の行には筆者「アルベルト・アインシュタイン」のサインが読み取れる。

ここに葬られているのは、博の父と母である。墓碑銘に誌されている如く、人類の迷いごとによって起きた第二次世界大戦の末期、岡山の空襲で亡くなった。

墓の主の速は一八六六年に徳島で生まれ、数え年一二歳のときに学者となるべく東京へ留学した。外務省の通辞を辞して、新聞などに執筆をしていた大叔父のもとに寄宿し、訓蒙学舎に通った。その後、東京外国語学校で頭角を表し、大学予備門、第一高等中学校、東京帝国大学医学部に進んで、毎年特待生に選ばれている。

フランス語を専門とするこの大叔父は、神田に住み、速を愛してくれたが、定職がなく大酒飲みであった。界隈の酒屋では付けが利かなくなり、少年の速は徒歩ではるばると青山方面まで酒を買いにやらされた。

徳島において医業で名をなしていた父からは、存分な養育費が叔父の許に送られていた筈であった。ところが、その殆どは一家の食い扶持と酒代に消え、速は清貧な学生生活を過した。

大学を卒業して、ドイツ人教師エミール・スクリバに外科学を学んだ後、郷里に帰り徳島初の外科病院を市内に開業した。

しかし向学の心は抑えがたく、一八九八年自費でドイツ留学を志す。ブレスラウの大学で、ポーランド貴族出身の、外科教授ヨハネス・フォン・ミクリッチ・ラデッキに出遭い教えを受けた。速の日記には、当初いかに未知の東洋人である自分が疎外されていたかが誌されている。

ところが、徐々にその抜きんでたドイツ語力と、持ち前の頑張りが認められた。二年後帰国の折、ミクリッチ教授夫妻は速にドイツに残ることを勧め、経済的な事情で帰国せねばならぬなら、自ら養子縁組をしてもよいとまで言ってくれた。この熱心な言葉が、帰郷後三年を経ずして、再びミクリッチ教授の許へ留学するきっかけになる。

この恩師が一九〇五年亡くなった際、未亡人はそのデスマスクを、速宛てに贈った。この事実から、如何に教授夫妻がこの東洋の弟子を愛したかが推察出来る。

それから二六年経たある日、教授の次女マリアから、速に一通の手紙が届いた。

「同封の品は亡父の肉筆による、彼の偉大な業績論文です。自筆原稿の蒐集家にとっては大変貴重な品だといいますが、その手に渡って、やがては父の業績の跡が霧散してしまわないようにすることが、私共の務めと思います。そこで、門下生である貴方にお譲りできたらとお願いする次第です。(中略)私共は現在、経済的に困窮を極めています。子供の教育もせねばなりません。先生、私共をお救け下さいませ。」

手紙で、このような懇願を、父の愛弟子であった、海の向うの人に書かねばならなかったことは、誇り高い教授一家にとって、堪え難い屈辱であったろう。しかし、きっと速ならば悪いようにはしないという強い信頼があったに違いない。

「恩師ミクリッチ教授の自筆原稿、次女マリア夫人の依頼により買い取りたる品・マリア夫人の書状添付」として、速は大切に保存した。

速が何故このように異国で信頼を克ち得ることが出来たかは、何よりも生来の負けん気による頑張りであろう。

それは、ひとえにその容姿のコンプレックスによって培われた、と言っても過言ではない。五尺そこそこ、一五〇センチ足らずの身の丈は、明治の時代にあっても並みよりはるかに小さく、いつもからかいの対象となっていた。その都度、速は〝コンチクショウ、今にみてろ〟と思いながら人生の前半を過した。

普段は温厚かつ物静かで、陶器の人形や盆栽を愛でるやさしさが溢れていたが、向こう気の強さ、頑固さは並大抵ではなかった。一旦怒ると瞬間湯沸かし器のように直ぐさま熱くなる。

しかも、日常の些細な事にも大いに憤慨した様子が、速の日記に見られる。例えば、ある日伊勢の二見浦で、沈み行く夕陽を愛でるべく茶屋の縁台に上がった。再び靴を履こうとしたところ、「余のヨーロッパで購入したる上等のカンガルウの靴」が消え、その代わりに汚い靴があった。この時書かれた日記の「その所業許しがたし」という箇所は、筆圧のかかった筆跡から、忿懣《ふんまん》やるかたない様子が読める。

度々の渡欧で、ドイツ文化を身につけた速は欧風生活を好み、妻にフランス料理を学ばせたり、家具やグランドピアノまでヨーロッパで購入して日本に送らせた。

後にこのピアノは、様々なエピソードを生む。芳しくない方では、帝国大学教授という公職にあった速が、収賄によってこのピアノを得たと噂するものがあり、新聞種にもなった。しかし、そこは速である。ピアノを購入した経緯の書かれた日記、ヨーロッパにおける詳細な出納簿や領収書を提出、公的に嫌疑を晴らした。

そこまでは、普通の人でもするかもしれない。ところが速は、この噂の火種を付けた人物を追及して、舌戦で完膚無きまでにノックアウトし、遂に詫び状をもって公開に謝らせるところまで成し遂げたのであった。

明るい方の逸話は、かのアインシュタインが速の博多の家を訪問した時、このピアノを戯れに爪弾いてくれたことであろう。

速は、一九二二年万国外科学会に招かれた初めての日本人として渡欧し、その帰国時の船上でアインシュタインと出会った。アインシュタインが体の不調を訴え、診療と治療を行なっただけであったが、この後アインシュタイン夫妻の、速に対する感謝のたけは、たびたび取り交わされた手紙の中に綿々と記されている。

四年後、再び渡欧の機会を得た速は、ベルリンのアインシュタインの私邸に招かれ、もてなしを受けている。世界的な学者から受けた友情の誇りを胸に、最後の別れになるのも知らず速は帰国した。

そして終戦の年の六月、岡山の空襲で愛する老妻を胸に抱きつつ、防空壕で果てた。

戦後、長男の博は米国の軍医ゴーガンと親しくなり、亡き父とアインシュタインとの出会いや、その父が戦災死したことなどを話した。やがて郷里の徳島に墓を建て、父が祈った、世界平和を意味する碑銘を、その墓に刻んでやりたいと言ったことを覚えている。

そんなことも忘れかけていた頃、米国プリンストンより一通の手紙が届いた。分野を異にした二人の学者、速とアインシュタインの親交に感動したゴーガンが、帰国後プリンストンに住むアインシュタインに情報をもたらした結果であった。

アインシュタインと浮き彫りのある薄いレターヘッドに、一九四七年三月三日付けで英文の悔やみ状と、亡くなった速夫婦の墓石のためにと、ドイツ語で数行の句がタイプで打ち出されていた。そして文末には、ドイツ語がわからないかもかも知れない博のために、英訳まで添えてあった。

博は心を込めて書いたお礼に添えて、戦災で焼け残った数少ない速の遺品の中から、一対の花瓶を形見に贈った。アインシュタインから、直ちに返事が来た。

「綺麗な贈り物が昨日届いて、大変感激いたしました。私は親愛なる君の父上を、船上で特に親切にして頂いただけでなく、熱帯性の炎熱から起こった苦しみからも救ってくださったことによっても記憶しております。その後、日本で彼のご家庭まで拝見させて頂いたことも忘れられません。」

はるばると贈られてきた、せっかくの墓碑銘を、どのような字体で墓石に刻もうかと、博は苦慮する。活字体でなく、あのアインシュタイン自身の、美しい書体で表せれば、それこそ理想的であろうと思い始めた。

はたして、送られてきた墓碑銘にある言葉が、手元に残る速宛てのアインシュタインの肉筆の書簡や書き物の中に、在るだろうか。もし在れば、それを繋ぎ合わせて、肉筆の碑銘を構成することが可能かも知れない。はやる心で一語一語、該当の言葉を探した。長い月日を費やした後、どうやら全ての単語が存在することが判明した。博の胸は高鳴った。

写真マニアである、門下の香月武人に応援を頼んだ。みつけた言葉を接写で撮影し、同じ位の大きさに拡大して焼付け、切りぬき、バランスよくひとつの画面に収める。コンピュータやコピー機が発明される、ずっと以前の話であるから、全て人手で為されたこの作業は、非常に根気と時間のかかるものであった。

ようやくアインシュタインからの心のこもった碑銘を、その筆跡の書体によって刻んだ速夫妻の墓が出来たのは、没後九年にもなっていた。今は苔むして墓石も風化し、訪れる人も少ない。

『春秋』一九九三年一〇月号

いとしのフリューゲル

フランツ・ヴィルトという銘の入ったそのピアノは、札幌郊外にある家の窓際に、カーテン越しの陽を受けて、置かれている。

八十路を越えた高岡富子は、静脈が浮いたか細い手でピアノを撫でながら、語り始めた。

「これは、歯が抜けたように音が出ないところがあるの。私も、耳は遠いし、足もよろよろだし……お互いに歳をとりました」

グランド・ピアノのことを、ドイツ語でフリューゲル（der Flügel）という。辞書をひくと翼や羽と同じ単語である。そういえば、開いた蓋の形が翼のようだ。通常のグランド・ピアノは鍵盤が八十八だが、これは八十鍵のウィーン式と呼ばれる構造で、小振りだ。

フリューゲルが九州の富子の生家に届いたとき、富子は小学校の五年生であった。父の三宅速は、一九二二年万国外科学会に参加した際立ち寄ったウィーンで、このフリューゲルを購入した。若い時のドイツ留学で初めて聞いたピアノの音色にすっかり魅了されて以来、ようやく長年の夢を叶え、日本に向けて貨物船で送ったのであった。

速が講演を終え、帰国するより早く到着して、福岡市大名町の応接間に鎮座したフリューゲルを、家族は異国のお客を迎えたように距離を置いて眺めて暮した。

一月後ようやく帰った速は、旅装も解かずに、慌ただしく家族を集めてこう言った。

「大変なことになった。アインシュタイン博士が、わが家に来られる」

改造社がノーベル賞受賞記念と銘打って、アインシュタインを日本に招き各地で講演会を開く話は、すでに新聞等で騒がれていた。だが、その偉い博士がなぜわが家へ来るのか一家は狐に摘まれたように速を見つめた。

速の話によれば、フランスのマルセーユ港から帰国の途についたところ、同じ客船にアインシュタインが乗っていたという。

出帆して間もなく、体調を崩した博士から速は診察を乞われた。船内では、速がドイツの外科学を学び、医術もドイツ語もなかなかのものと、噂されていた。速の丁寧な診察の結果、博士は案ずるほど重体でないと判り、間もなく快癒した。以後日本に船が着くまでひと月余の間、アインシュタインと速は、医師と患者の立場ではなく、学者同士として親しくなったという。デッキで仲良く並んで写った写真が、セピア色となって残っている。

神戸に着いた博士は、「お世話になったので、福岡に行ったらあなたのお宅を表敬訪問したい」と約束をした。

速の話で成り行きを理解した家族は、欧州の土産話を聴くどころでなく、賓客を迎える準備で大変な騒ぎになった。

当日、娘たちは振り袖、息子たちは袴に威儀を正してアインシュタイン博士夫妻を迎えた。お茶の接待が一段落した頃、博士はつと立ち上がりフリューゲルに近づいた。静かに蓋が開けられ、やがて博士の指が鍵盤を走る。

長旅の果て、ようやく日本にやってきたフリューゲルに初めて歌を歌わせてくれたのは、あの偉大なノーベル賞学者だったのだ。

大学者が鮮やかにピアノを弾いたこと、このフリューゲルが世にも美しい音を出すことに、家族一同は驚いた。そのためか、博士による初めてのフリューゲルの歌が、どんな曲であったか、誰ひとり覚えているものがない。

アインシュタイン旋風が去って後、再び家の中に静けさを取り戻した。

娘たちは時折フリューゲルにふれてはみたが、繋がりのない音は少しも美しくない。唯一人兄の秀勝が〈天然の美〉を器用に弾いたが、母はサーカスのジンタが繰り返されるのを「よそ様に聞える」と恥ずかしがった。

速は、高等女学校の音楽教師を招き、姉妹にピアノを習わせることにした。初めて家にきた先生が、フリューゲルの蓋を開け、袴の裾をさばいて腰かけた。着物の萌黄色が、蓋の漆黒に映ってきらきらと輝き、同時に流れ出した、あの日以来久しぶりの美しい音色を、富子は忘れられない。

レッスンを始めても、姉妹のたてる音は繋がりがなく悲惨であった。富子は早く先生みたいにいい音を出したいと、熱心に練習した。

それから二年経った頃、速は帰宅してピアノが聞えると、「うるさい、うるさい」と、眉間に皺を寄せるようになった。この皺は、子供たちのピアノの音が自分のイメージと違うため、幻滅して深まったのではなく、フリューゲルに関して度し難い噂が、速を悩ませていたために刻まれたそうだ。

当時の福岡の地方新聞に「帝国大学の教授が不正」と大々的に報じられた記事では、博士号を貰おうとする人が、金品を数人の教授に賄賂として贈ったという。身に覚えのない速も、その袖の下として「高価なグランド・ピアノば貰いなさったげな」といわれた。

元来、謹厳実直「石部金吉」の生れ変わりのような速にとって、噂とはいえこの汚名は堪え難いものであった。そこで速は、日頃克明に付けていた日記と出納簿を世間に公表し、フリューゲル購入の経緯を明らかにした結果、みごとに潔白を証明できた。

フリューゲルは、ようやく富子の手で晴れやかに歌い始めたが、日頃病弱な秀勝が結核に冒された。昭和二年三月、長年勤めた九州帝国大学を退官する速は、空気が良いといわれる兵庫県の芦屋に、移り住む決心をした。そうして引越した芦屋の家は、いつもひっそりとしていた。二年後の初秋、音楽や花を愛した秀勝が、世を去った。

一方富子を、これからは女も国際的であらねばならぬと、速は語学教育に優れていると評判の、聖心女学院に入学させた。そこで初めて出会ったカソリックの教義が、富子の心を揺さぶり、洗礼を受けたのである。ドイツ生活が長いので、キリスト教に理解を示しそうなのに、速は基督《ヤソ》はいやだと渋い顔であった。

速は、その富子に見合いをさせた。相手は北海道の学者の息子で、高岡周夫という京大の大学院生だが、他の子供たちの場合と同じく速が、この縁を決めた。但し富子は、結婚後も信仰を認めるならと強く主張して、受け入れられ、めでたく話が決まった。

「このピアノは、ふじ子に買ってやったものだ」と速が言ったとき、富子は仰天した。自分が一番ふれているフリューゲルが、姉のものとは思ってもみなかった。だが、姉も快く承知してくれ、晴れて嫁入り道具に加わった。

勉強をする夫を待つ長い時間、富子は鍵盤に向うだけで寂寥が癒され、フリューゲルは何ものにも代えがたい友であったという。

やがて夫が満州鉄道に就職し、富子も生れたての長男を伴って、大連に行くことになった。フリューゲルが一緒なら、極寒の満州での苦労は厭わないと頼み込んで、乏しい引越荷物と一緒に送ってもらうことが許された。

大連に着いて、丘の上の瀟洒な家に落ち着いた富子は、フリューゲルが運ばれてくるのを待ち侘びている。運送を担当した会社から今朝陸揚げしてそちらに向ったとの連絡があったが、それらしいトラックはまだ来ない。待ちくたびれて、港が一望にできる門の外に立っていた富子の視界に、道の遥か下から小さな黒い点が現れた。だが、それはトラックのように大きくも、また速くもない。

揺れながら、陽炎のように登ってくる影がはっきり見え出した時、富子は思わず大声を上げた。薄汚れた布団に包まれた大きな物が、まるで生き物のようにユラユラと、坂上へ向いひたすら登ってくるのが見える。それは正しくフリューゲルで、富子には、それが自力で動いて、こちらに来るように思えた。

フリューゲルを載せた小さな荷車を牽いているのは、たった一人の痩せ細った苦力《クーリー》であった。大連の埠頭から優に十キロはある坂道を、大きなピアノを載せて、苦力一人で牽いて来たとは信じ難かった。だが、遂にフリューゲルは海を越え、やってきたのである。

以後富子は、いかなる場合もフリューゲルを手放すまいと決意した。そして上海に移る時も、昭和十九年夫が戦地に赴いたのを機に、二人の子供を連れて実家の芦屋に帰る時も、まずフリューゲルの搬送を手配した。

最愛の娘と孫を迎えた速は、一緒に暮すのを許さず、北海道の夫の実家に行けと命じた。明日の命も知れぬ戦争の最中、なぜ大切な娘たちを手元から離し、人の移動さえ困難を窮めた時期、ようやく上海から到着したフリューゲルまで、更に苦労して北海道まで送る速に、富子はただ啞然とするばかりであった。

翌年速夫婦は、岡山の長男のもとに疎開したところで、大空襲に遭った。焼夷弾の降りしきる中、息子の手を振りきって防空壕に入り、夫婦相抱きつつ果てた。今にして思うと、西欧の力を熟知していた速は、戦争の結末をしっかり予見し、すべてを緻密な計算ずくで、自らの生涯の幕も引いたように思われる。

両親の終末を、数日遅れの葉書で知らされても、富子には駆け付ける術さえなかった。国中が、郵便も交通もそういう状況にあったのである。終戦を迎えた富子は、婚家の離れの一間を借り、食料事情の悪いその時期、子供と居候する身を縮めて毎日を送った。外地に残された夫の情報もなく、北海道の寒さがひとしお身に沁みる。たった一つの慰めは、今は弾くような状態ではないが、フリューゲルが自分たちを守るように、狭い部屋に頑張っていることであった。

状況を切り開こうと、中学の英語教師として働くことにした富子は、フリューゲルをかねて申し出のあった声楽の先生に、断腸の思いで貸し出すことにした。ピアノを家に置くことも憚られる厳しい目が、富子の周りにあったのである。

二年後、夫が無事に戻って、娘の立子が四歳でピアノを始めたことを理由に、フリューゲルをやっと手許に引き取ることができた。だが当時、夫と共に教職にあり生活に追われる富子がピアノを弾くのを、立子は見た覚えがない。フリューゲルは、母の思いを娘に、音を出すことで伝えた。それに応えるように、立子はピアニストを目指すようになったのである。

やがて専門家となった立子が、新しいピアノを買ったため、フリューゲルは実家の窓側の静かな場所に据えられ滅多に歌うことがなくなった。

そんなある日フリューゲルは、久しぶりに布団に包まれ札幌市内のホテルへ運ばれた。ホールの真ん中の、一段高い所に置かれたフリューゲルには、「非売品――アインシュタインの弾いたピアノ」という説明が付けられていた。ピアノの展示会に華を添える、一世一代の晴れ姿である。

富子と立子は、壇上のフリューゲルをみて吹き出してしまった。

「何だかご隠居様みたいに澄ましてるわね」

このグランド・ピアノは、オーストリアで一八八〇年から一九二八年までの間に、一二六〇〇台製作された内の一つである。現在、同じものがこの世に残っているのか、誰も知らない。

『春秋』一九九八年二・三月号

IV

年寄り、老人、高齢者

七十年も昔に子供たちが歌った「船頭さん」の歌詞には「今年六十のおじいさん」とあった。しかし現代では、六十歳が年寄り、老人なんて、自他共にとんでもない。

七十歳を迎えたころだったか、初めて電車で席を譲られた。

地下鉄に空席は無く吊革につかまると

「どうぞ、お掛け下さい」

目の前の男性がすっと立ち上がり、掌《てのひら》でその席を促す。自分が高齢者という自覚は当時さらさら無く大いに躊躇《とまど》い焦ったが、以前勇気を出して席を譲ったのに断られて甚《はなは》だおもしろくなかった経験から、会釈しながら言われるままに生暖かい空間に腰を落ち着けた。

おずおずと目の前の吊革につかまった件《くだん》の男性に視線を上げると、洗いざらしのジーンズに小粋なチェックのシャツと革のベスト、首に派手なバンダナ姿は一昔前のヒルビリー歌手そのものだが、足の曲がり具合や首筋の皺はかなりお草臥《くたび》れの模様である。

次の瞬間、車内に轟《とどろ》く男性の大音声に、周囲の人々が下を向いて一斉にクスクスと笑い出した。

「私は、九十二歳であります。毎日の鍛錬によって足腰を鍛えており、電車内では立つことに決めております。でありますから、あなたの様なお年を召した女性に座って頂いて光栄であります」

言葉とは裏腹に、電車の振動でよろける男性を支えた若者が、笑いを噛み締めて私を見る。そんな年であると言う自覚の無かった私は、男性がご自分の若さをアピールするためのスケープゴートになったのだろうかとも考えた。

それから数年が経ち公的に後期高齢者の範疇に入ると、乗物でしばしば善意の若者が席を譲ってくれるようになった。どんなに抗っても他人様から労わりを頂く外見になったらしいので、ここは素直に感謝して受ける方が、お互いの幸せであると達観した。要は、若い頃に金平糖の角の様に尖がって生きていたのではなく、丸く甘く生きたいと思い始めた。

しかし昨今現役で活躍する八十、九十の高齢者が、なんと意気軒昂であることか。若者には負けないという気概を持ち矍鑠《かくしゃく》と生きられるバイタリティーに頭は下がるが、さて自分をそういう高揚した所に置くことは出来ない。せめて今いる自分をそのままに生きたいと思うのである。

最近よく鏡に映る自分に、祖母を思い出す。

祖父が逝き独りになった祖母の面倒を、腹を痛めた沢山の子供たちで少しずつシェアーすることになった。悪気のかけらもない赤ん坊の様な性格の祖母は、産まれてこの方、炊事洗濯はおろか箒一本持たずに今で言うセレブとして暮らしてきた。その為、「おばあちゃんは、本当に何ぁんにも出来ないからね」という申し送りと共に、今回二番目の娘である母の家にやってきたのであった。

わが家で迎えた初めての朝、祖母が母に訴える。

「この家は夜中に、円山応挙の幽霊が出るわね。怖くて寝られなかったわ」

次の夜は、母が添い寝をする事になった。

そして夜中、小水に起き上がった祖母が母を揺り起こし、恐怖にひきつった顔で部屋の隅を指差す。そこには大きな姿見の付いた簞笥《たんす》が置いてあり、その鏡に、白地の浴衣で白髪を振り乱す老婆が、ぼんやり点る常夜灯にあぶりだされて映っていた。翌朝早々に、母はその簞笥に油単《ゆたん》をかけ鏡を封印した。

昼間に学校から帰ると、鞄を置くのを待ちかねて「ネ、遊ぼうよ」と祖母が言う。日頃厳しい母は私が予習復習を済ませないと遊ばせてくれないのだが、日中よほど家事がはかどらなかったらしく、帰宅した私を待っていたように、勉強を免除して祖母を託した。

一人娘の私には祖母というより同年輩の遊び相手を得たようで毎日飽きずに時間を共有した。そこで分かった事は、何も出来ないと言われる祖母が、筆を持たせば流麗な仮名を書き、外に散歩に行けば五七五を操って「この人が」と驚くような和歌を詠み、頼むと琴にすいすいと柱《じ》を立て、箏曲の六段などをちゃらりと弾いてみせる。もっと驚いたのは〝ティンクル・ティンクル・リトルスター〟や英国国歌などをキングスイングリッシュで完璧に歌う。

要は、明治の文明開化の折に父親が娘を鹿鳴館で社交界にデビューさせるため、様々な教養を身に付けさせたが、肝心要の後々生活に役立つ家事万端に関する事は、全く学習させなかったと言う事だった。

第二次大戦の空襲で、それまで着ていた上質の着物や帯を全て家ごと焼失し、着の身着のまま近郊に逃げた。むかしのお手伝いが「失礼かもしれないけど」と言いながら持ってきてくれたアッパッパという簡易服を、祖母は何よりも気に入った。

晴れた日の午後は私の手を引っ張って、アッパッパに下駄をカタカタと鳴らしながら裏の小さな神社までグイグイと歩く。だが遠くに「ワン」と聞くと縮み上って私の後ろに隠れた。私は祖母の保護者となり、変てこな妹を授かった気分となる。

あるとき、「ちょうだいな」と出した掌にまぁるい大きな飴玉を載せるとうれしそうに頬張った。お礼にと、鉄道唱歌を全部覚えているから歌ってあげようと、手を叩きながら歌いだす。無事箱根を越え沼津の「春は花咲く桃の頃」に差し掛かった所で、飴玉が祖母の喉に引っかかり、あわや窒息の窮地に陥った。大慌ての大人たちが寄って集って背中を叩いたり、メザシの干物のようにやせ細った祖母を逆さに持ち上げたりして、ようやく飴玉を吐き出させ事なきを得たのだが、この時厳しく監督不行き届きと叱られたのは、十歳の私であった。

今になってつくづく思うのは、年齢に逆らって胸張りながら生きるより、心の行くままに周りから可愛いとさえ思われて生きた祖母の生き方も、悪くないと思われる。少なくとも階段や危ない箇所で、差し伸べられた手を振りほどくような野暮はやめ、にっこりと「ありがとう」を言いたい。

むかしは多くの家庭で、否応無く老人を子供たちが一家総出で面倒をみた。施設へ預けるのは後ろめたく、極端な時には「あの家は親を姥捨て山に連れて行って」などとも非難されたものだ。しかし現在、少子化となり、女性の社会進出が当たり前の世の中になったから、子供に頼らず親の介護を積極的に他人の手に委ねることができるようになった。そして高齢者の意識も、身内に苦労を掛けるより自身の始末はそれぞれにと計画し、身内に遠慮しながら肩身狭く生きるより、ビジネスライクに他人の力を貸してもらう方がよいと考え始めた人が多い。介護施設も様々と行き届いたサービスを用意し「こんど夫婦で施設に入ります」という挨拶も明るく聞かれる。

これまでの様に糟糠《そうこう》の妻が夫をケアするという定番ばかりでなく、長年連添った妻の介護をする夫も増えた。

国際試合で活躍したアスリートから初春にメールが届き、ついに夫人を春にはグループホームに託すことを決心したとある。航空会社の機長としてコックピットから地球世界を見下ろし、地上にあっては高い山々に登って天空を見上げ、自然と人との融和を深く考えるようになって、退職後は山村に隠遁し、自然と共存しながら環境問題に一石を投じ世に警鐘を鳴らそうと、筆を執《と》って本を数冊上梓した。

鳥や虫、自然に生きる動物の生命を敬いながらの生活を始めたものの、理想郷での妻が、美しい笑顔と素直さはそのままに、意識に薄いレースのカーテンを掛けるような状態、すなわち認知症の兆しを見せ始めた。アスリート氏は、住居を移すに当たり生活の整理や引越しという負担を夫人に負わせ過ぎたと自分を責めて、ひとりで妻を介護することに決めた。そして三度の食事から、風呂や身の回り、一緒にドライブしたり本を読みビールを楽しんで、命果てるまで頑張る体制に入った。

だが数年すると、彼らの健康管理する主治医や周辺の人々が、これ以上妻の介護を一人でやるのは如何なものか、彼自身の執筆活動や生活のためにも、無理があるのではと言ってくれた。折りしも近隣に新しい形のグループホームが立ち上がり、彼自身もそこで妻を他人の手に任せてみようと決意した。

妻の入所後に様子を見に行くと、家では危ないと決して持たせていなかった包丁を握る妻がいた。しかも久しぶりに見る特上の微笑を投げてくれ、彼はびっくり仰天した。「出来ることはする」というのが施設の基本で、そこで妻が生き生きと生活し始めている事実は、うれしさと、寂しさが綯《な》い交ぜになりまるで子供の旅立ちをみる親のような気持ちになって、不覚にも目頭が熱くなった。

今春、家族ぐるみで親しかったある友人からの年賀状には、隅に小さな写真が貼付されていた。少し首を傾げて問いかけるような愛らしく飛び切り美しい表情に添え「家内はグループホームに入居しました」と小さく書かれていた。

二十年ほど前に、その外科医は「家内の物忘れがひどくて」と端正な顔を陰らせていた。やがて妻は五十代で若年性のしかも進行性のアルツハイマーと診断され、彼はちょうど定年だから家で介護をすると周りに告げた。それからずいぶん長い間頑張ったが、薬を服用しても病状が進行する妻を看るのは、彼自身の精神も身体も疲労し始め、限界を感じる。近しい人に「本人のためでもあるから」と説得され、このたび近くのグループホームに妻を委ねるという苦渋の決断をした。

もう一度賀状に目を落とす。有り余る思い出の中から、若い日に匂いたつような妻の、彼の心をもっとも揺さぶった瞬間の一枚を「本人に些《いささ》かでも嬉しさを感じさせたいと思って添付しました」と記されていた。

これは年賀状というより、立派な公開ラブレターであった。

『春秋』二〇一七年一一月号

レンギョウと車椅子

「〇〇さーん、五診へどうぞ」

第五診察室へ患者を呼びこむ気だるい医師の「ゴシン」という声に、外来待合室で診察を待っている人々の顔が一瞬、緊張と不安にこわばる。

半世紀前、ある高名な内科医が晩年に生涯を振返り、自分の誤診率を公表した。あの名医でもこんなに誤診があったかと世間は驚いたが、医療関係者は、さすが大先生、たったこれっぽっちの誤診率かと感服した。当時の診断は、僅かにレントゲン写真と大まかな血液検査データのバックアップで、医師は鋭い観察眼と優れた経験を持つ手指とにより病気を探り当て、最終的に彼の緻密な脳を使って診断を下した。

今日、患者を診るにはコンピューターに負う所が大きい。つまりCT、MRI、PETなど横文字略語の検査だが、人を巨大な装置に入れたり、あるいは器械を身体に当てたり体内に挿入して、映像等のデータを得る。加えて血液や排泄物、体から採取したほんの僅かな部分から伝えられる情報を、コンピューターが表示し、医師はそれら沢山のデータを、詳細かつ総合的に読み取って、分析し診断する時代となった。

その結果、診察室で医師が患者の顔色もチェックせず、脈も取らず、お腹も触らず、診察とはひたすらコンピューター画面に目を据えるだけという現象さえ現れた。本来「人」の体は頭の天辺からつま先までが一つの個体で、画面で見る情報はそのほんの一部分であるので、これでは他の部分の支障まで目が届くまい。

外来に来た患者を、先ずは上から下までよく目で見て、触ってほしい。また時には世間話のひとつも交わすことによって、その人の人柄やバックグラウンドまで察しがつき、治療する上に役立つではないか。そうやって、「人」を総合的に診て頂きたいと願うものである。

一方、外来を担当する医師たちが朝から、苦しみを訴える人々を次々に診て、昼飯も摂らず時には夕方まで、自らの身を削るように熱心に診療する苦労を知る人は少ないだろう。概してよく患者の話を聞き、解りやすい説明を丁寧にする医師は、個々の診察時間は長くはなるけれど良医と言われる。

診察の待ち時間は、長年の大テーマである。むかしは医療する人は偉く、患者が待つことなどさして問題にしなかった。だが近年になって、医療をする人と受ける人は平等だという認識から、各病院の対応が序々に変わってきた。そして取敢えず患者の名前を「様」付けで呼び始めたものの、待ち時間が短くなるわけでも医療サービスが数段と向上する訳でもないまま概ね不評で、何時の間にか「さん」付けに戻った所も多い。待ち時間を少なくし、しかも良質の医療を行うには、ひとえに個々の病院の患者に対する思いやりと、医療理念に基いた外来診療システムの工夫が肝要となる。

かつて患者に悪名高かったさる大学病院が十数年前の新築を期に、外来患者に大きめの携帯電話位のコンピューター端末を渡すようにした。診察室に呼び込まれるまで院内何処に居て何をしようと自由とし、その函から妙なるメロディーによる報せがくると、目的の診察待合室に入るシステムを、全国に先駆けて創った。この間トイレや食堂、院内の心地よいソファーや中庭のベンチなどで待てるようになり、「未だか、未だか」と苛だって、固い椅子に座り続ける拷問から解放された。またある大病院では、器械に診察券を挿入すると「あと何番目に診察できます」と提示するなど、各施設で待ち時間についての創意工夫がみられるようになった。しかし今もって「場合によって四～五時間の待ち時間があります」待たせても文句は言うなと言わんばかりの、お触れを貼り出す病院があるのも現実である。

長い待ち時間を如何に過すかは、患者側の重要課題だ。読書、音楽を聞く器械などの準備がないと退屈に身を焦し、つい隣人と同病相哀れむ会話など始めたりする。所が、ここで愛想よく相槌など打とうものなら、病態、病歴まで語らされ、次にその人が如何に苦難の人生にあるか、その家族の冷たさまで延々と聞かされた挙句、テレビの情報番組並みの、病院と医師の評判、噂などまでを拝聴する羽目になることを、覚悟しなければならない。

長時間耐えて、同じ姿勢で座って待つイライラを自己制御するには、かなりの体力を要する。ある日、待ちくたびれた中年の男性が悲鳴を上げた。

「あーあ、全く待たせるねえ。病院て所には、元気でないと、来れないのかねェ」

眠るでもなく目をつぶり黙して座っていると、待合室では様々なドラマが繰り広げられる。

思い切り派手な連れに肩や足をさすって貰っている男性は、お定まりの髪型と半袖の奥にチラつく彫り物がすごい。眉間にしわを寄せたドス黒い顔色のその人に、連れの女性は時折「痛いかい、苦しいかい」と嗄れ声を掛けながら、診察室から呼ばれるまでの長時間、一時も休まず懸命にさすり続ける。彼らが如何なる職種であろうとも、待合室の人々は、その献身と愛をそれぞれの感慨をもって見ていた。

今しも一人のオバアサンが風を切って外来受付に突進し、後からオジイサンがよたよたと歩いてきた。

「早くしなさい。何モタモタしてんのよ」周りの人が緊張するほど大きなオバアサンの叱声である。

「ほら、保険証を出して。無いはずないわよ。右のポケット、じゃなきゃあ左側でしょうよ。お尻の方に入れたんじゃないの。本当にダメね。ハーッ、私が預かればよかった」オジイサンは黙々と言われるがまま、あっちこっちのポケットに手を突っ込む。人間は相手が冷静だと益々逆上するもので、真っ赤になったオバアサンは、オジイサンの手からポーチをひったくり、ひっかきまわしながら「おかしいわね」を繰り返し、ふと思いついて自分のバッグに手を入れると、件の保険証が出てきた。「こんな所にあったじゃない」まるでオジイサンがそこへ隠したかのように責めるが、積年の罪滅ぼしか、日常の慣れなのか、オジイサンは全てを超然と受け止めている。

社会で相応の地位に在ろう人が、部下の不正を厳しく糺すように、受付窓口に向って大声でどなり、耳目を集めた。朝一番から待っているが、一体何時間待てばよいのか、トイレに行っている間に呼ばれると順番はどうなる、後から来た人が先に診察室に呼ばれたのは何故か、ひと様の大切な時間をこの病院は何と考えているか等、概ねそこで待っている人々が共有する内容である。相対する受付嬢が無愛想かつ事務的で一層その人の怒りは増大し、循環器科の受診を待つご当人の血圧が心配になる。だが待合室の人々にとっては傍目八目《おかめはちもく》、目前で繰り広げられる一幕は、大向こうから掛け声や拍手さえも起こりかねない。

外の光を背に受けて、車椅子が病院の廊下をゆらゆらやって来た。

「バアチャン、寒くねえか」茶髪にピアス、タンクトップの胸に金色の鎖を下げ、脱げ落ちそうにGパンをはいた男の子が、覗き込むようにきく。苦痛を顔の皺に刻みこんで車椅子に深く沈む人は、微かに首を振りぎこちない笑みを返した。床に落ちかけたバアチャンのバッグを自分の首にかけ、膝かけを直し、再び男の子は車椅子をゆっくりと押してひたすらに診察室へ向う。

隆とした身なりの紳士が、真っ直ぐ前を見て車椅子を押してきた。待合室の邪魔にならない所に停め、一人で受付へ手続きに進む。車椅子の上の、やせ細り﨟《ろう》たけた女性が、眼でその後を縋る様に追う。連れが戻って傍に座ると、ようやくほっと眼を伏せた。長い時が流れ受診の順番が来た。紳士はガラス細工を扱う様にそっと女性をお姫様ダッコして診察室に入った。かなり長い診察を終え、二人が出てくる。再び車椅子に座らせた女性の裾や襟元を注意深く整え、頰を伝う涙を拭うための小さな花柄のタオルを手渡しながら、軽く肩に手を触れ、やがて車椅子は静かにそこから立ち去った。この間、彼ら二人の声を、だれも耳にしていない。

外来診察室の外れで、窓際に座った初老の婦人の顔は曇っていた。窓の外には、雨に濡れてレンギョウが、こぼれるように咲いている。溜め息がほっと漏れた所に夫らしい連れがきて、飲料水の缶を両手に「どっち」と頰笑みながら聞く。両方の缶に視線を移すと、妻は少しためらった後ハンカチを持った手で一方を指した。並んで座り同じテンポで飲む後ろ姿に、長年連れ添っている安定感が漂う。

小声で何かを相談しているようだったが、やがて夫の「大丈夫だよ。安心しろ」と言う声が周りにも聞こえた。空になった缶を回収しながら顔を寄せ、何かを話しかけると、妻がフフッと笑い、夫も笑い、この家の寛いだリビングが移動したようだ。
妻が穏やかに、目で窓の外を差しながら言う。
「あのレンギョウの花言葉ってねえ、希望なの」そして
「ねえ、さっきの人のように、私が車椅子に乗ったら押してくれる」
「あったりまえよ」胸を張って答えた夫は、少し首を傾げた後
「それにしても、もう少し痩せて貰わないとな。じゃないと、俺、あんなふうにお姫様ダッコはできねぇよ」
二人は揃ってメタボリックなお腹を揺すり、人が振り向くほどの笑い声を上げた。

『春秋』二〇一〇年一〇月号

あなたの指定席はどこですか

ゴロゴロと身に余るスーツケースを引きずり、手許の乗車券と客車番号の表示を見比

べながら、やっと目的の車両と席に辿り着く。

その席には既に堂々とした女性が座り、だがどう見てもそこは私の購入した指定席番号だ。ゴトンと列車は動き出した。共通の言語がなさそうで、遠慮がちに指で自分のチケットに記された番号を女性に指し示す。こちらを一瞥した女性は悪びれる様子は全く無く、後ろの座席に荷物ごとどしんと移動した。身を縮めて席に着くと、女性の分厚い脂肪で暖められたシートは、はなはだ居心地が悪い。

車窓に映る北部イタリアの広い緑の平野が、後方へと滑り去る。この席は日本で予約し手に入れた正規の指定席だが落ちつかない。検札に来た車掌さんが「グラッチェ」と微笑んだ時、ようやく指定席を得た思いに至った。

指定席とは、他から保障され、周辺の人に気がねなく、くつろげる所と定義できそうだ。

都会のオフィス、大勢の人がいる室内に、カシャカシャと密やかな音だけが空気に小波を立てている。各々は画面を見つめ、手首から先だけを動かし、座っているスチールの椅子が職場での指定席ではあるが、ほとんどの人にとって、他人と一緒に仕事をするそこは、本当に安らぐ所とは言い難い。

オフィスのコンピューターの電源を落とし、家路に向かう前に町のカフェや居酒屋で軽く一杯やって一日の疲れを取り、明日に向けてリセットする風景は、世界の街でみられる。

物を作る仕事に携わる人々にとって、陽が頭上にきて、仕事場の機械音が止み、畑や工場の片隅で、仲間と開く弁当と会話は疲れを癒すだろう。その席がいつも決まってなくとも、ほっとする和みの指定席である。

ドイツ人の友人夫妻の誘いで、私たちはミュンヘンからドイツ最高峰ツークシュピッツに向いドライブ旅行をした。アウトバーンから逸れ林間の山道をしばらく登ると、突然森が開けて素朴な建物が現れた。友人が「そこで地ビールを造っているから飲まして貰おう」と車を停める。

広い前庭には、木を削っただけの長い卓とベンチが一組置かれている。日照時間の長い夏の陽が少し傾いて、すっぽりと森の緑とベンチを柔らかに覆う。腰を下ろして待っていると、逞しい腕の女性がにこにこと両手で一度に四人分のジョッキを持って来てくれた。大きなジョッキには濁ったビールがなみなみと満たされており、日本のビアホールのようにギンギンに冷えてはいないが、口に含んだ少し濁った琥珀色の液体は、コロコロと転がるように喉元を通って、醸造されたばかりのホップの香りが思いきり体中に広がる。この飛び切りの美味は、これまで呑んだドイツビールの中でピカ一と思われた。

かなたから南ドイツ訛りの大声が賑やかに聴こえてきた。「グリュスゴット」と挨拶しながら、工具などを壁に立てかけ、まるで毎日そこで会っているかのように私たちと並んで座る。彼らは作業を終えたばかりのいかつい手で、運ばれたジョッキを「ツムボール」と合わせ、喉を鳴らした。「今日も良い日だったなあ」仲間と頷き合い、「ねえ、そうだろう」と、相席の私たちにも同意を求める。そのベンチこそ、一日の労働を終え家路を辿る前の、彼らの指定席である。そこで仲間と渇きをいやすひとときは、たとえ隣に座る客が見ず知らずであろうが無かろうが、肌や眼の色が違っていても意に介せず、一緒のベンチに腰を下ろし、同じビールで喉を潤して一日の無事を共に喜びあう大切な時だ。

安らぎの指定席では、同席の人と思いを共有することが必要だ。

むかし、家の床の間を背に、あるいはいろり端の正面席に、どっかりと胡坐《あぐら》をかくのは浴衣や丹前などに着替えたお父さんで、その口から発せられる如何なる言葉も、家族のみんなは敬聴し、服従した。ここは、一家を支える仕事を終えて帰ってきた主《あるじ》一人の、安らぎの指定席だった。だが彼の家族の全てにとって、必ずしも居心地良い所ではなかったかもしれない。

喧騒慌ただしい現代社会の働くお父さんたちに聞くと、ほっと安らぐのは家の中ではなく、外の居酒屋などと答える人が多かった。たまに家の中と答えた人が「安らぐのは風呂の中だけっすよ」と笑う。昔よりおとうさんの存在は少し影が薄いかもしれない。

一流企業戦士の一人が「私は読書や勉強が好きなんだけど、家は家内や子供が騒々しくて。もっぱら私が安らぐのは街の図書館かな。まあ、書斎があれば理想的でしょうが、住宅ローンに子供の教育費など考えると、書斎付きの家なんてとてもとても……」と、微かに笑った。

もうひとりの中堅管理職は、堂々と「家がいい、居間のソファーが僕の指定席」と言いきる。だが彼は家庭内でワンマンではなく、妻にやさしく娘に甘い。家族が働き人を大切に遇している彼の家庭を、羨むお父さんもいるだろう。

大学教授で研究所長、三つの博士号を持ち、最先端の研究でそのうちノーベル賞もといわれる冨田勝氏からは、「僕の落ち着く所は、研究所のある鶴岡の温泉、焼き鳥とおでんの店。いつものカウンター席で、妻と一緒が一番」と、意外に庶民的な答えが返ってきた。国際的にも活躍するこの学者の、一杯詰まった頭脳に休息と次の活力を与える安らぎの場所は、純和風であった。

バイオリニスト千住真理子さんは演奏会や講演会で忙しい。彼女のくつろぐ場所は

「自分の運転する車の中」だそうだ。この時、車の中に流れているのはどんな音楽か尋ねるのを忘れた。親友と気のおけないレストランでお喋りするのもリラックスの源となっている。

では普通のお母さんつまり専業主婦の安らぎの場所は何処だろう。昭和の前半、お母さんたちは忙しかった。季節と共に冬は白菜、春は梅、初夏にラッキョ、秋に沢庵と、漬物だけでも目が回る。加えて家族の着物や夜具の洗濯から縫製まで、季節ごとの準備と手順を代々伝えられてきた通り、すべて自らの手で行っていた。その上、毎日の大家族の食事の支度、洗濯、掃除と、朝は一番に起き出して台所の火を入れる。一体彼女たちにほっとする間があったのだろうか。

昼下がり陽の差す縁側やいろり端などで、針箱を広げたり、料理の下ごしらえをしながら、家の女性たちや近所の人とお喋りをする、そこが彼女らにとって安らぎの指定席となっていたのかもしれない。

ひところ経済成長期を迎えた日本の専業主婦は、お茶とお菓子を置いて一日テレビの前のソファーにどっかと座り、あるいは仲間とのランチで長いお喋りを楽しむ、結構な身分と言われた。しかしそれでは何かが充たされず、職業に就く人や何かを学ぶ主婦が急増した。働く彼女たちに安らぎの指定席はと聞くと、答えは男性とほぼ同じで、職場での男女差が目に見えて小さくなったのだろう。

安らぎは、しっかりと仕事した後に与えられるご褒美である。

その老人は公園のベンチに座り、杖を足の間に立てて顎を載せ、風が樹木の葉を少しづつ運び去るのをじっと見ていた。

第二次大戦のさなか、日々を、刻々を、戦火から家族を守って逃げまどった。ようやく迎えた終戦後は、今日の糧を得るのがやっとで、休むゆとりはなかった。東京でオリンピックが開催され大阪に博覧会が催されると、日本は繁栄の時を迎え国民の生活も安定した。彼もしっかり働いて、大過なく仕事に終止符を打つことが出来た。

そして今、何もあくせくしないでよい環境を得ている。妻が逝き、独り残された彼を気遣う娘に「おじいちゃんは何にもしなくていいんだよ」と言われ、洗いものでも手伝おうと台所に立っても、ほうきを持とうとしても「何もしなくていい、あっちでテレビでも観てゆっくりしてて」と断られる。だが大切にされるほど居心地は悪く、散歩の時間が長くなった。

ずっと昔、彼はドイツに留学をした。下宿のおばあさんは日がな一日窓際に椅子を引き寄せ、白濁した目で外を見ていた。

「向かいの奥さんが窓拭きをし始めたけど、明日、雨になるから止めた方がいいと、言っておいでよ」と、めずらしく娘に言った。

「いらぬお世話よ、お母さん」

一蹴され、悲しげに再び窓の外に視線を移した皺だらけのおばあさんの顔が、四十数年を経た老人の頭に甦った。「今の自分と、同じじゃないか」と、苦笑が漏れる。

あの時、彼は四十歳少し前で、日本ではすでに一人前の学者だったが、言葉が不自由で、ずっと年下の同僚にも気を使い、気兼ねしながら先端の技術を学ぶのは辛かった。ある日、立寄った実験室の、二十歳余も年下のラボの女の子たちとは、ブロークンで気軽に話が出来た。邪気の無い笑顔の小柄な日本人を、彼女たちは「ドクトルヘン（ドクターちゃん）」と親しんだ。そこで淹れてくれるコーヒーが美味で、何時の間にかラボの女の子たちの輪の中に、安らぎの指定席を見つけた。

公園のベンチで、ふと膝を打つ。

「そうだ、あのラボの女の子たちに手紙を書いてみよう。私よりずっと若かったから、未だみんな元気だろう。錆びついたドイツ語を使うのも悪くない」仕事を思いついた彼は、背筋をすっくと正す。明日から、家族が出かけた後のリビングの卓と椅子が、彼の指定席になっているだろう。

にんまりとした彼の耳に、少し尖った娘の声が響く。

「おじいちゃん、未だそこにいたの。心配したわ。みんなも間もなく帰るから揃って夕飯にしますよ」

『春秋』二〇一三年一〇月号

バナナ一本を半分っこ

大きな血だまりを枕にして仰向けに伸びている夫をみた瞬間、テロに遭遇し頭を打ちぬかれたと思った。

「意識ありますか」

「大丈夫のようです、呼びかけてみて下さい」

都内のど真ん中にある商業・オフィスビル地下の薄暗い車寄せ、冷たく鈍く光る石のフロアに倒れる夫の耳に口を近づけて名を呼ぶ。

その日、長く統括した三十五万余人の組織を辞するスピーチがきっちりと七分で終わる様に推敲を重ね、後はオシャレに決めようと夫は理髪店へ行き、近くで待っていたわたしは、頃合いを見て彼の携帯に電話を掛けた。

「もう終わったよ。車寄せでタクシーに乗って、君を拾って上げるから、その交差点で待ってて。あ〜、ちょうど空車が……」突然に携帯から、ゴワ〜ンという金属的な低い反響音が鳴り、無言となった。

胸騒ぎを覚え幾度かコールすると、突然、聞きなれない男性の声で「あなたは誰」と聞かれた。

「ビルの警備の者ですが、ダンナサンがタクシーの車寄せで倒れて、大出血でして、取敢えず救急車を今、呼びました。奥さん、直ぐこっちに来れますか」

心臓がつぶれるほどの猛ダッシュで駆けつけると、慌ただしく救急隊員が夫を救急車に運び入れている。

「主人は、国指定の難病ＩｇＧ４関連疾患を治療中で、かかり付けの病院に搬送して下さい」と哀願するわたしの言葉を、掬い上げるように「何処の病院でもいいからお願いします。ご迷惑をかけます」と夫が突然言う。何時も通りの細かな心遣いをする夫に、未だ彼は、生きていると確信した。

それは古式ゆかしい見合いであった。

わたしの卒業を待って宿痾の胆石症の手術を母が受けると言う。着々とすすめていた就職活動にピリオドでなくコンマを打ち、看護に専念していると快復の兆しが見えた。空が高々と澄む晩秋に、父が突然「東京で見合いして、先方さんが気に入って下さったら、翌日大相撲桟敷席に連れて行って下さるそうだ」。わたしの弱みをしっかりと握り、父は勝負カードを切ってきた。

「慶應義塾大学医学部大学院外科在籍中、一九五六年メルボルン五輪ボート日本代表」と釣り書きに書かれ、写真には長めのGIカットにスーツを決め、腕を組んで真っ直ぐ前を向く体育会の男性が写っている。わたしはたじろいで「ウワァ〜、オジサンじゃん」と横浜で覚えた浜言葉で小さく呟くと、母が「目が綺麗ね、純粋な気持ちの方よ、きっと」と断定した。

病後の母でなく父が付き添って見合いに臨んで、無事に相撲観戦まで漕ぎつけると、狭い桝席の中で父は旧知の仲人夫人と話に夢中になり、彼は相撲茶屋から運ばれた焼き鳥やお土産を綺麗に四人分に整理する。その日の取り組みが終了し、夫人が「さあ、あなた方、二人だけでお話出来るところへ行ったらどう」と勧めると、父は明快に「いえいえ、これから私は研究会で大阪に向かいますから、同じ列車で娘を連れて帰ります」と宣言した。

そして大阪駅で父が降り、わたしは兄の住む岡山で降りていいかと聞くと、父は「いいよ、いいよ」と即答する。心配しているだろう母に、見合いと相撲観戦の顚末を列車内で認め、速達で投函した。その詳細なレポートを読み、翌々日帰宅した父に「なんとあなたは気の利かない、何のために付き添ったの」と母が詰り、大バトルとなった。その三日後にやっと戻ったわたしに、父は「この縁談を断ったら勘当だぞ」と訳の分からないことを言い、母はケロリと「あなた案外、文章上手いわね」と、生れて初めて褒めてくれた。文学大好きな母の一言が、わたしの執筆の切っ掛けになったかもしれない。

婚家先の、義父は心身ともに人を包み込む大きな人で、義母は淑やかに何時も着物をきちんと着てて七人も子供を産んだ様には見えない。大学で教える義父はじっくり考えてから確固とした決断する典型的な内科医で、半分聞いて直ぐに行動を起こす外科医の父とは、職種は同じだが大いに異なる。

大家族へ嫁いだ娘を母は心配したが、本人のわたしは急に家族が増えてむしろ嬉しく、いちいちを超心配性の母に報告しなかったところ、むかしわたしが産れた時に世話をしてくれたお手伝いから、母が亡くなった通夜に「あなたは辛いとか、苦しいとかおっしゃった方が良かったですよ。いつも何も言わないけど大丈夫かしらと、奥様は却ってご心配でした」と言われた。

夫の家はクリスマスに親戚を含め五十人ほどが集まるのだが、初めての十二月を迎えると、義母がノートと鉛筆を構え「メニュー何にしようかしら。考えて」と言う。皆に出す食事のメニュー立てで嫁を試験するかと一瞬身構えたが、義母の思惑は全く違って、本当に困って助けてという意味であったことが、それから五十年もの間、実の親よりもずっと長く同じ屋根の下で暮らした結果から、本当に良く理解できる。他人を疑う事をしない、言うならば天使の心を持つ人だった。

好物のかぼちゃの煮付け三切れ目を頬ばって義母が口を動かしている。「おバアちゃま、美味しいですか」と顔を覗き込んできくと、「ええ。もう先ほども、同じこと言いましたけど」と、分厚いレンズの向こうからこちらを見てニコッと微笑む。確かに同じことを聞いたわたしは、当時六十一歳、九十二歳とどちらがボケていることやら。

子供達が巣立った後、取り残されたわれわれ夫婦と九十三歳の義母は少し寂しくなったが、その日は孫が釣って来た魚を届けてくれ、鍋に設えると少し華やいだ。そろそろ雑炊にしようとした時、義母が珍しく「疲れたから少し、横になるわね」と寝室に向かう。

夫が聴診器を耳から外し、チラリと腕時計に目をやりながら、この日の日付けと時刻を声に出して「ハイ、今、終わりました」と静かに告げた。息子の手で最後の脈を取って貰いながら穏やかに長い一生を閉じた義母を、ただ棒立ちで見ている私は、今更ながら夫の事を「この人は、プロの医師だ」と思う。

付き合いの浅い人は、夫の外見から書状の宛名や「中国で作って貰った土産」と渡された印鑑にまで、名前の能樹の能の下に四つ脚が付いており「クマキ」となっていたが、本質は繊細な神経と気配りの人である。しかし、職場では外科医の典型として話を聞くより先ず「任せとけ」と胸を叩いて何でも引き受ける夫は、一緒に働く後輩から「ガッテンの比企」と名付けられていた。

実家の遠いわたしにとって頼りは夫だが、色んな会合に同伴したり、家族の集まりがあった後には反省会を催し「アノ発言は良くない、こう言って相手を傷つけた」と叱られ、結婚当初はメソメソ泣いたが、やがて抵抗するわたしと、しばしば小競り合いから怒鳴り合いになった。

ある日、わたしたちの寝室から小学四年生だった息子の押し殺した電話の声が漏れて来た。あわてて切った息子の電話の相手を聞くと「警視庁子供相談室」という。「で、おまわりさんに何て言われたの」と恐る恐る聞くと「お父さんとお母さんのケンカは仲が良いからするんだから、君は心配しなくて大丈夫だよ」と言ってくれたそうで、そうなのかなあと、複雑な思いがする。

街中で受傷した夫の頭は八針縫ったが幸いに脳の中身には及ばず、数日して傷口の抜糸をする。術後のリハビリも含めて入院が長くなった高齢者は、認知症が出る傾向にあるからと、リハビリ専門病院への転院を主治医に勧められた。その病院は若い理学療法士、看護師等々がやる気に満ちていて、居心地良さそうな病室も申し分ない。他人、特に医療全ての職種の人々には特別に気を使い遠慮する夫が、二十四時間気遣いに明け暮れる入院生活に閉塞感が出て限界を感じて、一カ月の入院予定を僅か半分で切り上げ自宅へ戻って来た。こうして自宅で始まった老々介護は、足腰は未だ自立していたが、メンタル的にどん底からの出発だった。

退院翌日に居間でケアマネジャーや介護の専門家たちからレクチャーを受けていると、夫は「ここは俺の家だから、もうお帰り下さいッ」と声を張り上げ、わたしに「さっさと用事を済ませろ」と怒鳴り始めた。他人にこんなに怒鳴るのをこれまで聞いたことがない。身体の世話は兎も角も、メンタルが様変わりした夫をどう扱えばよいだろう。この頃のわたしの自宅介護という覚悟は全く甘く、ゼロからのスタートであった。

身体の介護は専門家の力を大いに借りたが、メンタルの混乱だけは妻たるわたし一人にぶつけられた。真夜中に起き上がり「俺の大事なものを何処へ隠したか」と台所の引き出しを全部ひっくり返して探す大音響で、わたしの度胸は決まった。

「アッハッハのハのハ、ハノハノハノハノハ、笑って暮らせば世の中はアッハッハのハノハで楽しいな」（古川ロッパ「ハノハノ楽」）

終戦後直ぐ、ラジオから流れ出すエンターテイナーの野太い歌声に、疲弊した国民の心は随分明るくなった、あのメロディが突然によみがえってきた。幼い頃からわたしは超大型動物の飼育係になる夢をもっていて、そうだ、ゾウさん、カバさんだと思うことにしよう。食べ物が歯に挟まって「ア〜ン」とカバさんのように大きな口を開けたり、下水道のコントロールが効かなくなり室内にケニアのヴィクトリア湖を作ったとしても大型動物にトイレの躾は出来ないことを思えば、苦痛が消えた。

但し、これまでに様々に受けた夫からのサポートを思い、敬愛の念は決して忘れないようにしている。

二十年前父が前立腺肥大からくる失禁に苦しむので、女性用の生理用夜用ナプキンを渡すと、尊厳を傷つけられたか渋面を作ってはいたが使っていた。それから十年ほど経った夫のクラス会で「俺さ、オカアチャンにオムツ履かされてんの」と言うコワモテの同級生に皆が爆笑したが、今わが家は日々その優れ物の紙パンツの恩恵に与っている。

これまで「高いなあ」と文句を言いながら支払い続けた介護保険に大いに助けられ、ケアマネージャーが現状をみて、たちまちの内に介護の神器が次々と調達され運び込まれた。夜中に起き出すと鳴り出すセンサー、八十キロの巨体がトイレで立ち上がるための摑まり棒、歩行器、車椅子は言うに及ばず、使い捨てのビニール手袋、臭いをピタっと封じ込めるポリバッグ等々である。リビングに電動ベッドの設置を勧められたが、ベッド上ではなく、昼間はわたしの目の届く所にあるソファーで座っていて欲しかったので、これは丁寧に断った。

わたしは自分が出す音と音程に甚だ自信がないが、レパートリーは広く軍歌から演歌、讃美歌までいつも声を出して歌い、歩行器移動ではリズムを取って掛け声をかけながら介助する。若い時に夫が踊りながら確かに囁いた「年取ってもダンスに行こうな」との約束を、今こういう形で実現している。

夫のそれからは、感染症をあちこちに発症し、合計三回も救急車のお世話になり、入退院を六度も繰り返した後、今年になってから椅子からの立ち上がりや室内歩行が出来るようになってメンタルも穏やかに過ごすようになった。驚異の回復を遂げ主治医のドクターたちは口を揃えて「日々のリハビリテーションのお蔭です」と言われる。オリンピック・アスリートの筋肉は衰えてはいるが骨の太さ、手の大きさが普通の人とは違うと、専門家たちに持ち上げられて、本人よりずっと華奢で小さなナースからの号令にも、かつての体育会コーチの指導と同じように、実に素直に指示に従う。

有難くても有難くなくても最近わたしたちの合言葉は「ありがとう」で、夫が「すまないね」というのを「とんでもない事、よろこんで」と返す。一日一万回はわたしの名を呼ぶが、現状キッチンがどんなに忙しくても取敢えずは必ず「ハァイ」と返事し、時々手が離せず「なァに」と聞くと「ポカン」と返され、又わたしは笑い出す。「何がおかしい、笑い過ぎ」と怒る時には、古い友人知人や家族への電話を勧めて気分の転換を図るが、この方法はメンタル制御と鎮静に結構、効き目がある。

ある先輩の奥様が「自宅介護なのだけど、この頃、私を見てにっこりする主人が可愛くてね」沖縄の屋根に飾られる守護神シーサーに似た厳めしい顔が浮かび「そうか、あの先生も可愛いんだ」と共感した。

高校以来の友だちでキリンの様にすらりとしたリンちゃんは、コーラス部で知り合ったご主人と結ばれて二人の子供を育て上げた。年を経ると傍目には優しく申し分ないご主人との間に、何故か心が離反していき、僅かに娘たちが孫を連れてくる時だけ、良い祖父母を演じた。

年の瀬まであと数日のある日、会社から外に出たご主人に、狭い交差点の角を曲がりきれなかったトラックのサイドミラーが直撃を加え、転倒して運ばれた救急病院で昏々と眠り続けた。娘たちが手をさすり足を揺り動かすのを、リンちゃんは病室の隅の折りたたみ椅子でじっと見続け、様々な悔悟におののいて傍へ寄れず、触れることもできない。そして五日目に、ご主人はあたかも新年の訪れを避けるように慌ただしく一人旅立って逝った。

弔問者が「こんな善良な人が、不測の交通事故に遭うのか」と口を揃える葬儀の間、リンちゃんは「お父さん、ごめんなさい。私は優しくして上げられなかった」と、黒枠の中で微笑む写真に向って呟き続けた。

庭に花々が咲き始める頃に様子を見に行くと、やっとご主人の事を話すことができるようになっていた。

「何にもして上げられなかったの。毎朝二人で、一本のバナナを半分っこして、ヨーグルトを食べてたのに……それなのに、今、一人きりで朝ごはん食べなきゃならないの」

リンちゃんは初めて、顔に手を当てて声を上げ、たくさん泣いた。

二〇二一年一〇月

アインシュタインの「夏の家」

零下十二度、風花の舞う中「夏の家」と呼ばれるその家が、静かな丘の中腹に清冽なたたずまいで建っている。一九九三年正月、私がここに来たのは三度目である。

本来ならばこの家は世界に貢献した輝ける業績に対し、一九二九年、五〇歳の誕生日を祝ってベルリン市から贈られるはずであったが、当時のベルリン市議会で、ユダヤ民族である彼にこのような贈り物をする必要はないと反対され実現しなかった。

その結果、彼自らが設計家コンラッド・ワックスマンに注文、建築させることになった。しかし、住まいに対するイメージを完全に具現し、その生涯で最も気に入った家であったにも拘らず、彼自身この家にはわずか三年余しか住まうことが出来なかった。

玄関のある北側に回ると低い木製の囲いと木戸があり、「立入禁止」の標識が冷たく侵入者を拒んで打ち付けてある。さらに目を奥に転ずると、煉瓦色の木のサイディングに掲げられた、この家の本来のあるじの表札が見える。

「アルベルト・アインシュタイン」

初めてこの家を私が訪れたのは、一九八九年十一月東西を隔てるベルリンの壁が崩れ、ドイツ統合が始まった翌年の六月であった。

遅い春の陽光がベルリンをあたためる朝、ドイツ人の親友がポツダムへのドライブに誘ってくれた。かつての美しかったポツダム市街はうらぶれ、凝った装飾を施された家々の外壁に目をこらすと、銃弾の痕が無数に残されており、第二次大戦当時ここポツダムでの市街戦がどれほど凄まじかったかを今なお生々しく物語っている。

壮大なサンスーシー城を見たあと、アインシュタインの実験研究所に行った。所内は荒涼として草が生い茂り、奥まった丘の上に白い古びた東洋のパゴダを思わせるような外観の天文台、アインシュタイン・タワーが建っている。正面玄関には大きなアインシュタインの頭のブロンズ像が据えてあり、その土台に誰が置いたかゴルフボールほどの愛想のない石ころが、ひとつ供えるように置いてある。ひとつの石、ドイツ語ではアイン・シュタイン。

記念すべき大発見の理論が構築された場所は寒々しく、壁面に貼られた相対性理論の説明や写真などでその栄華が偲ばれるものの、淋しくとり残された感じは否めない。

そこから更に車で十五分ほど走ると、カプートという村に入る。起伏のなだらかなポツダム郊外の小さな湖を有する村である。丘の中腹に辺りの家と全く趣を異にする、煉瓦色の木のサイディングに白いフランス窓の家がみえた。

「ほら、あれがアインシュタインの別荘、夏の家だ」

中に入ると、質素な仕事机や椅子等の家具が、寂しく二度と還らぬ主を待っていた。この家を管理するのはかつてアインシュタインの高弟であった人だが、今は老いて、アルコールに冒されていた。名誉を思って庇う秘書の制止を無視し、足元も怪しく私達に近づいて握手を求める。回らぬ呂律《ろれつ》で、昔よき時代には恩師アインシュタイン教授の面会を求め世界中から高名な訪問者があり、日本の学者も訪れたと、誇らしげに繰り返す。

師に去られてから今日まで、ナチスの時代から社会主義東ドイツの時代、この老人はどれほどの苦労をしたのであろうか。庭から大きなフランス窓ごしにアインシュタインの愛した暖炉のある居間が見える。尊敬する師が座ったであろう深いソファーに、その老人は伸びるように腰掛け、なお片手に酒ビンを放さぬ姿を見た時、彼の苦労が並大抵ではなかったことを垣間見たような気がした。

二階の隅のアインシュタインの書斎であった部屋からは、一望のもとにカプートの村と湖が見えた。呪わしい時代にこの家の主は、何を考え、何に怯えてこの机にむかったのであろうか。あの美しい筆跡で、誰に何を訴えた手紙を書いたのであろうか。

不思議な力に引き付けられるように再び此処を訪れたのは、二年の後であった。しかしこの時もはやこの家は立入禁止となり、外側をぐるっと回ってその姿を目に焼き付けるのみであった。失望してベルリン市内に戻った私の目に、書店の棚に置かれた一冊の本のタイトルが飛び込んできた。ミヒャエル・グリュニング著『アルベルト・アインシュタインのための家』(Michael Grüning, *Das Haus für Albert Eimnstein*, Verlag der Nstion Berlin, 1990)とある。

この本には、著者がこの家の設計者コンラッド・ワックスマンと一問一答をした記録と数々の写真、アインシュタインの書簡、書類等が収められているが、本の前半を占めるワックスマンに対する微に入り細にわたる絶妙な質問によって、この家の成立ちがありありと語られている。

それによると、ある日ワックスマンは新聞記事でアインシュタインがベルリン市より誕生祝いに家を贈られること、その家は本人の希望で木造となろうということを知る。当時ニースキーをいう町の設計事務所に籍を置いていた若き木造の専門家である彼は、この建築をするのは自分をおいて他にはないと不思議な確信と自負を持ったという。

恐らくドイツ中からこの建築に対して自薦他薦の応募があり、厳しい競争となるだろうと思った彼は、取るものも取り敢えず汽車に飛び乗りベルリンへ向う。運転手つき自動車を借りて、ハーバーランド通りにあるアインシュタインの家にやってきた。

招かざる人の突然の訪問は、この学問の巨人の家ではさして珍しいことではなかったらしく、応接に出たお手伝いは愛想よくなかった。

しかし夫人エルザは、突然訪ねてきて「私に是非、教授の木造住宅を建てさせて下さい」と熱心に頼む、自分達の歳の半分位の若さの青年をサロンに招き入れた。

ワックスマンの自己紹介と訪問の目的を聞いたエルザは、ベルリン市から贈られる家の土地は既に決まっていると話した。そしてエルザは、この初対面の青年に「ちょうどいいから私をその物件の場所に連れていって。一度見たいと思っていたの」と言いながら素早く支度をしてワックスマンの車に乗り込んだ。彼はこの時、見知らぬ人間をこんなにやすやす信用する世紀の大学者夫人とはどんな人なのかと疑問に思った。

途中、車内での彼女のおしゃべりにはもっと驚かされた。それは大変個人的なものであり、初対面の人に話すような内容ではなかったからだ。つまり、夫と彼女は従兄妹同士であり、自分は二度目の妻で二人の娘がいること、最初の妻ミレヴァには二人の息子がいることなど主観も交えて親しく話をするのだった。

だが親しく付き合ってみると、他のアインシュタインの伝記に書かれている妻としてのエルザが、その偉大な夫にはあまり相応しくないとか、夫を正しく理解出来ないというような意見は間違っているとワックスマンは感じたそうだ。彼女は中世の古風な女性ではなく、インテリかつ文化的な人で、時にはその偉大な夫に文化面の情報を与えることも、彼はその後の長い付き合いから経験している。ただ不幸なことに、エルザは少し自然体過ぎるようだと思ったという。

後に土地を購入する際判ったことだが、アインシュタインは家庭経済を妻に委ねているらしく、銀行口座の状況を彼女に尋ねるのを聞いて、ワックスマンはびっくりした。なぜなら通常ドイツでは、家庭経済はすべて夫が握っているのが当然であるからである。

件の土地はベルリン郊外の湖畔にあり、エルザは気に入ったようであったが、ワックスマンは尊敬するノーベル賞学者が休息のための家を建てる場所ではないと判断した。夏になると、此処に遊びにやって来る人々の騒音がかなりうるさいに違いなかったからである。

道々エルザは、どのような家を夫と自分が夢みているかについて物語った。それは茶色の外壁で、フランス窓があり暗紅色の瓦屋根を葺き、居間は決して大き過ぎず、自由を満喫できるテラスが欲しい。特に大切なのは居間に暖炉を置くことと、アインシュタインの寝室は隔離して作りたい。そういってエルザは立ち止まった。そして恥ずかしそうに「主人は信じられないくらい大鼾をかくの。誰も傍で寝られないくらいよ」と言ったとある。

ここまで読み進んだ私は実際の「夏の家」の内外を思い出し、エルザがワックスマンに語ったという理想の家が、まさに具現されていることに驚いた。ワックスマンは忠実に尊敬する大学者の夢を実現したのである。

さらにこの本の中で、彼はエルザから翌日の夕飯に招待を受けたと話している。ベルリン市内の家にエルザを送った後、彼は直ぐさまベルリンから約一六〇キロ離れたニースキーへ汽車でとって返す。その汽車の中で早くも設計図を描き始め、その夜一睡もせずに完璧に仕上げた。そのまま再び汽車に乗り、約束の夕食の時間にアインシュタインの家の前に立ったそうである。

大学者がサロンに現れた。ワックスマンはその美しい眼にすっかり魅了された。微笑みは哀しげで、当惑というよりむしろ憐れみとか同情が唇に浮かんでいるように思えたという。

夫妻と令嬢マーゴットそして秘書のデューカスの同席する食卓の会話では、一切建築に関するものはなかった。ワックスマンはこの時交わされた他愛ない会話や、大学者の飛ばしたさして面白くないジョークとその豪快な笑い声、それにその時のメニューまで、しっかりと思い出し物語っている。

食事が終わった時、突然「家内は気に入っているみたいだけど、きみはあの物件をどう思う?」とアインシュタインが切りだした。ワックスマンは反対意見を率直に述べる。

アインシュタインは家をベルリン市が提供してくれるについて、イライラする経緯があることを打ち明けた。

時機到来とみたワックスマンは、例の設計図をアインシュタイン一家の前に広げた。秘書のデューカスが「これ一日で仕上げたの？」と驚きの声をあげた。ところがエルザは冷たい声で「違うわ」と言い放った。

「この人は最初に此処に現れた時から、もうちゃんと準備してたのよ。だってこの設計図によると当の私達よりずっと、私達の家について詳しいもの。信用してしまって悔しいわ」

この一言でワックスマンはてっきり家から追い出されると観念したそうだ。気まずい沈黙が流れたであろう時、娘のマーゴットが「でもママ、そうだとしても何の罪もないと思う」と庇ってくれた。

アインシュタインは沈黙してじっと妻と娘を見詰め、次にワックスマンを物問いたげに見た。夢中で、苦労して一晩で仕上げた推移を懸命に物語ると、突然アインシュタインの笑いが爆発した。マーゴットもデューカスも笑った。少し遅れてエルザも。大恐怖は去ったのだ。

一家はその資料を見ながら詳細について説明を求めた。最後にアインシュタインが

「君の設計図とプランはすべて気に入った」と言ってくれた。ワックスマンはその瞬間、自分は世界一幸せな男だったと物語っている。

この著者グリュニングによると、当時の市議会記録で「我々は、世紀の偉大な学者でありベルリン市民のアインシュタイン教授閣下に五〇歳の誕生を祝い贈呈する。家はご自身でお建て願う……」と決議されている書類を見付けた。ところが、その後この決議は撤回され、土地も家もアインシュタイン自身が支払って買ったのである。

一九二九年に出来上がった、別荘という意味の「夏の家」の、茶色の木のサイディングに白い縁のフランス窓のテラスで、家族と憩うノーベル賞受賞者の満足そうな顔が、写真に見られる。だが三年後、ナチスの軍靴の音に追い立てられ、この「夏の家」に日常生活をそのまま残して、アインシュタイン一家はアメリカへ逃れた。

娘マーゴットは一九八五年にこの本の序文で「私共は皆この家を愛してました、何といっても父アルベルト・アインシュタインが。そこにいた時の私達はいちばん幸せでした」と綴っている。かくも愛した家を俄に捨てなければならなくなった状況は、さぞ猶予のない緊迫したもので、いかに悔しく思ったであろう。

同じ序文の中で、著者はこの家のその後の歴史を手短かに述べている。アインシュタイン一家が、二度と帰らぬアメリカへの旅に発った後この家はナチスによって接収され、アインシュタインの所有権が剝奪された上でヒットラー・ユーゲントが使用した。戦後、ソ連占領軍が手入れをして、アインシュタインが帰還した時居心地よく住めるように用意した。だが大学者は二度と再びドイツには帰らなかったため、カプート村協同体が住民のために開放していた。一九七九年以降は、東ドイツ学術理論物理アインシュタイン研究所の所有になったと記している。

今日東西ドイツは合併したが、さまざまな問題は今もって未解決である。この家の管理に関しても、難しい事情を抱えていると思われる。ベルリンの知人に聞くと、今この家は政府とアインシュタインの遺族との間で所有権が争われていて、先日もその記事がスキャンダラスに新聞に載っていたという。

「一般公開されていたのはあの年だけだったみたいよ、私達中に入れて幸運だったわね」と初めて私をそこへ連れて行ってくれた親友が微笑む。「あの老学者は追い出されたのかしら」「そうらしいわね。でも元気でますます盛んだと聞いたわ、もちろんアルコールの方で」

何ででもいいから、あの老人に幸せでいてほしいと思った。そしてもちろんあの「夏の家」も……。

『春秋』一九九六年二・三月号

エピローグ

三分の一世紀も前、出版された日独医学史についての小文が日本経済新聞文化欄に載った。「エッセイ書いてみたら」と加藤恭子師から言われて仕上げたのが、本書冒頭の「船上のドクトル」で、活字になった拙稿を以って、私はエッセイストとなった。

「エッセイとは、本来は小論文であって軽い身辺雑記ではない。書くときには一言たりともフィクションを入れず、読んで下さる方を念頭に、事実と感動を伝えるものです」と、教えられた。拙稿が活字化される度に、故阿川弘之氏にもご覧頂き、中公新書『癌を病む人、癒す人』を上梓した際には畏れ多くも帯文まで頂戴した。その後お目に掛かると「書いてますか」と、腹に突き刺さるような鋭いお声を掛けられ、縮み上がった。

空前絶後のパンデミックの中で社会が疲弊する中、春秋社社長の神田明氏からエッセイ集を出版しようと有難いお言葉を頂いた。編集長の小林公二氏から、これまで凡そ三十数年書き続けたエッセイをまとめ、更に自分自身を語る新たな四編を書き加えたらとご提案がなされた。足許よろける高齢者となった私が、本が出来るのが先か、ボケるのが先か、はたまた命絶えるのが先かという微妙な情勢下で、長年生きた自らを振返るのは少々苦痛であった。しかも老々介護真っ只中で「おい」と呼ばれて「あいよ」と直ぐ応じなければならず、二〜三行書いては中断しなければならない。既刊のエッセイを手繰ると、旅や会合のあれこれに因んだものが多く、取りも直さず夫の主導で動いた結果である。

書く仕事を始め、ご指導頂いた多くの方々が頭を過る。初めての単行本『引導をわたせる医者となれ』の製作および雑誌『春秋』にエッセイを掲載して下さった春秋社社長、素人の私を育てて下さった編集の故小関直氏、中央公論新社では高名な佐々木久夫氏、中公新書及び二冊の単行本を入念にチェックし編集して下さった酒井孝博氏、出窓社の矢熊晃氏、慶應義塾大学出版会の故坂上弘氏と及川健治氏、想えば、分不相応に立派な編集者さん達のご指導を仰いだものと驚く。

日本ペンクラブへ推薦下さったのは、何十冊もの著作を書かれた夫の親友で、ずっと以前から長くわたしの書いたものを読んではほめ、おだてては励まして頂いた。「今度の君の本、僕、読めないかも知れない…」と言われたのは、この松木康夫氏が今年の一月に亡くなる少し前だった。謹んで氏のご仏前に捧げたい。

何をするにも健康は何よりの武器で、わたしの健康管理をして下さる渋谷明隆氏、黒澤利郎氏、原久雄氏には、幾つ頭を下げても下げ足りない。加えて自宅介護中の夫の医療と介護ケアがスムーズに行われないと新たな執筆など出来なかった。お一人づつのお名前は敢えて割愛させて頂くが、主治医の先生方と介護に携わる全ての皆さまに心よりの深謝を捧げる。また私の高齢によって薄れて来た記憶を、同級生や家族に補って貰った事実も付け加えよう。

そして以前のもの、新しいものを取り混ぜたエッセイたちを整理し、紡ぐという煩雑な仕事を、若い切れ味鋭い的を射た意見によって編集して下さった、春秋社編集部の牧子優香氏に「お蔭さまで、本当にありがとう」と、山ほど言いたい。

私のボス比企能樹への感謝と家族の比企直樹と伊智子、清水誠次と悟子の、いつもながらに篤いサポートが無ければ介護と執筆の両輪を回すことが出来なかった。万感を巡らせながら、私の相棒であるコンピュータを静かにシャットダウンする。

著者紹介

比企寿美子（ひき・すみこ）

長崎市生まれ。エッセイスト、日本ペンクラブ会員。フェリス女学院短大卒。夫の留学でドイツ滞在、その後ゲーテ・インスティテュートで13年間語学研修、慶應義塾大学文学部歴史学科聴講生となる。加藤恭子ノンフィクショングループ会員。雑誌『春秋』にエッセイが掲載され、うち8編が『ベスト・エッセイ集』（文藝春秋）に収録。

著書に『引導をわたせる医者となれ』（春秋社）、『がんを病む人、癒す人』（中公新書）、『航跡——〈KEIO号〉の九人』（中央公論新社）、『アインシュタインからの墓碑銘』（出窓社）、『あのときの蒼い空——それぞれの戦争』（春秋社）など多数。その他、日本消化器内視鏡、胃癌、独外科など各学会、九州大学医学部、東京女子医科大学などで特別講演、NHK『こころの時代』やBS日テレ『アインシュタイン美しい国日本を旅する』にも出演。

百年のチクタク

2021年11月10日　初版第1刷発行

著者©＝比企寿美子
発行者＝神田　明
発行所＝株式会社 春秋社
〒101-0021 東京都千代田区外神田 2-18-6
電話（03）3255-9611（営業）・（03）3255-9614（編集）
振替　00180-6-24861
https://www.shunjusha.co.jp/
印刷所＝信毎書籍印刷 株式会社
製本所＝ナショナル製本 協同組合

ISBN 978-4-393-43659-2　C0095
定価はカバー等に表示してあります

■比企寿美子の本

あのときの蒼い空
——それぞれの戦争

戦争は市井の人の心に何を残したのか。幼い頃に空襲を体験したエッセイストが、身近な人々、忘れ難い人々の、かけがえのない人生の〈物語〉を活写。

1980円

▼表示価格は税込（10％）